Günter Huth
wurde 1949 geboren und lebt heute mit seiner Frau und drei Kindern in Würzburg. Er ist Rechtspfleger und Schriftsteller und verfasst seit 1988 auch Beiträge für den Kinderfunk des Bayerischen Fernsehens. Im Egmont Franz Schneider Verlag hat er zahlreiche Abenteuer- und Fußballbücher veröffentlicht.

Günter Huth

CLUB PARADISO

Verschwörung im Basar

Schneider Buch

Die Deutsche Bibliothek – CIP-Einheitsaufnahme

Club Paradiso. – München : Egmont Schneider

Bd. 6. Verschwörung im Basar / Günter Huth. – 2000
ISBN 3-505-11257-7

Dieses Buch wurde auf chlorfreies,
umweltfreundlich hergestelltes
Papier gedruckt. Es entspricht den
neuen Rechtschreibregeln.

Der Schneider Verlag im Internet:
http://www.schneiderbuch.de

Schleißheimer Straße 267, 80809 München

Nach einer Idee von Michael Czernich
Lektorat: Iris Praël
Umschlaggestaltung: Lüders & Baran, München
Titelbild: Thomas Thiemeyer
Herstellung/Satz: FIBO Lichtsatz GmbH, Unterhaching
Schrift: 11˙ Aldus
Druck: Presse-Druck, Augsburg
Bindung: Conzella Urban Meister, München-Dornach
ISBN 3-505-11257-7

00 01 / 8 7 6 5 4 3 2 1

INHALT

DER SCHATTENMANN

Der Vollmond tauchte die Wohnanlage des *Club Paradiso* Pamfilya in ein milchiges Licht. Erst als sich eine große Wolke vor das Gestirn schob und ein dunkler Schatten die Häuser in tiefes Nachtschwarz hüllte, löste sich eine männliche Gestalt von der Hauswand. Dicht an die Mauer gelehnt, hatte sie eine ganze Weile auf diese Gelegenheit gewartet. Die schwarze Kleidung des Schattenmannes ließ ihn mit seiner Umgebung verschmelzen. Er bewegte sich langsam und vorsichtig. Aufmerksam beobachtete er das Gelände der Ferienwohnanlage.

In den Appartements der Gäste waren alle Lichter erloschen. Die pilzartigen Beleuchtungskörper, die die Gehwege innerhalb des Clubs erhellten, brannten die ganze Nacht.

Als er sicher war, dass niemand ihn beobachtete, verließ er sein Versteck. Mit geschmeidigen Bewegungen, die von seiner Fitness zeugten, huschte er über den unbeleuchteten Rasen. Dabei nutzte er die Deckung, die zahlreiche Büsche und Bäume boten.

Plötzlich erstarrte er. Da waren Stimmen ... Mit einer gleitenden Bewegung kauerte er sich hinter einen Busch. Er drückte die Zweige leicht auseinander, damit er den nächst gelegenen Weg beobachten konnte.

Es waren ein Mädchen, ein Junge und eine junge Frau, die vom Strand her kamen. Als sie in den Schein einer Lampe traten, erkannte er sie. Sein Gesicht verzog sich zu einer Grimasse.

Es handelte sich um die neue Clubleiterin, die heute am späten Nachmittag in Begleitung dieser beiden Kinder hier angekommen war. Die Clubzentrale in Deutschland gab einfach nicht auf! Jetzt hatte sie schon wieder eine neue Managerin nach Pamfilya geschickt. Die drei waren offenbar auf dem Weg zum Empfangsgebäude, das auch sein Ziel war. Jetzt musste er warten, bis er sicher sein konnte, dass sie endlich in ihren Zimmern verschwunden waren.

Der Mann in der Dunkelheit zwang sich zur Ruhe. Er durfte die Sache nicht verpatzen, seine Auftraggeber kannten kein Pardon. Unwillkürlich tastete er nach dem Revolver, der in einem Schulterhalfter unter seiner linken Achsel hing. Er würde die Waffe zwar nur im äußersten Notfall benutzen, aber immerhin gab sie ihm ein Gefühl der Sicherheit.

„Es wird Zeit, dass wir in die Federn kommen“, stellte Andrea fest und gähnte. Sie waren nur noch wenige Meter vom Eingang des Empfangsgebäudes entfernt, in dem auch ihr Appartement lag.

Jennifer verzog das Gesicht. „Es war toll, Strand und Meer im Mondlicht zu erleben. – Ich bin überhaupt noch nicht müde.“

„Abends nicht ins Bett und früh morgens nicht aus den Federn“, brummte Marko.

„Ich weiß nicht“, sagte er nach einer Weile, „ich werde das Gefühl nicht los, dass wir beobachtet werden.“ Er machte ein paar Sätze nach vorne und drückte die Zweige eines Strauches auseinander. Er sah sich um, dann ließ er sie wieder zurückschnellen. Verwundert schüttelte er den Kopf.

„Ich hätte schwören können, dass sich die Zweige bewegt haben, obwohl es völlig windstill ist.“

Jennifer tippte sich an die Stirn. „Bei jedem wirkt sich Übermüdung anders aus“, meinte sie.

Marko warf den Büschen einen letzten misstrauischen Blick zu. Schließlich zuckte er mit den Schultern. Wahrscheinlich hatte Jennifer Recht, es war heute wirklich ein hektischer Tag gewesen, und im

Gegensatz zu seiner Schwester war Marko hundemüde.

Unterdessen hatten sie die Tür des Empfangsgebäudes durchschritten, und Andrea schloss wieder hinter ihnen ab. Der Bungalow mit der Rezeption stand in der Nähe des Haupteingangs. Er war mit mehreren angrenzenden Gebäuden durch einen verglasten Gang verbunden. Dort waren die Küche, die Vorratsräume, Gerätekammern, Aufenthaltsräume und die Appartements des Personals untergebracht.

Der Schattenmann lag hinter einem Strauch, der nur einen Meter von seinem ursprünglichen Standort entfernt war. Das war knapp! Er stieß einen leisen Fluch aus. Langsam nahm er die Hand vom Revolvergriff. Der Junge war verflixt schnell gewesen! Er wollte mindestens noch zwanzig Minuten warten, damit er sicher sein konnte, dass er bei der Ausführung seines Plans nicht gestört wurde.

Jennifer hatte einen knallroten Kopf, weil sie sich abmühte, die Luftmatratze aufzublasen, auf der sie heute schlafen musste.

Marko ging es nicht viel besser.

„Die eine Nacht werdet ihr ohne Betten auskommen“, meinte Andrea, während sie ein Laken auf ihrer Bettcouch ausbreitete. „Die Leute vom Club haben uns erst später erwartet. Morgen bekommt ihr eure eigenen Betten.“

Marko winkte ab. „Ich bin so müde, dass ich sogar auf einem Felsbrocken schlafen würde.“

Jennifer rollte ihren Schlafsack aus und verschwand dann im Badezimmer.

Kurze Zeit später hatten sich alle drei ausgestreckt, und schon bald merkte Jennifer an den gleichmäßigen Atemzügen ihrer Zimmergenossen, dass die beiden eingeschlafen waren.

Das Mädchen verschränkte die Arme hinter dem Kopf und suchte sich auf dem runden Kopfteil der Luftmatratze eine bequeme Lage. Der Mond schien ins Zimmer und zauberte Schattenmuster auf Decke und Wände.

Ihre Gedanken wanderten einige Tage zurück. Sie und Marko hatten keine rechte Vorstellung gehabt, wie sie in diesem Jahr die großen Ferien verbringen sollten. Und dann war Andrea hereingeplatzt und hatte den Eltern und den Geschwistern aufgeregt berichtet, dass der Chef in der Clubzentrale sie gebeten hatte, aushilfsweise die Leitung des *Club Paradiso* Pamfilya an der türkischen Südküste zu übernehmen. Dort hätten kurz hintereinander mehrere Manager gekündigt, und man sei nicht in der Lage, die Stelle so kurzfristig wieder zu besetzen.

Andrea hatte spontan zugesagt. Keine Frage, dass Marko und Jennifer sofort ihre Eltern bedrängt hatten, mitfliegen zu dürfen. Das vergangene Schuljahr war gut verlaufen, und sie hatten sich eine kleine Belohnung verdient. Also stimmten die Eltern zu.

Wer weiß, welche Abenteuer uns hier erwarten, dachte Jennifer und drehte sich auf die Seite. Bald war auch sie eingeschlafen.

Der Schattenmann warf einen Blick auf das Leuchtzifferblatt seiner Armbanduhr. Er hatte lange genug gewartet. Jetzt machte er sich auf den Weg. Nur für die Eingangstür des Empfangsgebäudes hatte er einen Nachschlüssel. Um zu seinem Ziel innerhalb der Gebäude zu gelangen, musste er durch den Haupteingang.

Er griff in seine Jackentasche, holte Gummihandschuhe heraus und streifte sie über. So würde er keine Fingerabdrücke hinterlassen.

Der Schlüssel passte, und der Riegel des Schlosses glitt lautlos zurück. Ohne zu zögern, huschte der Eindringling in das Innere des Gebäudes. Die Tür ließ er unverschlossen, um sich einen schnellen Rückzug zu sichern.

Er lauschte einen Augenblick, dann durchschritt er zielstrebig die Empfangshalle und eilte zu einem der Durchgänge. Der Teppichboden schluckte jedes verräterische Geräusch.

Er kannte sich hier aus. Nach wenigen Minuten hatte er sein Ziel, die Küche, erreicht.

Auch diese Tür ließ sich mit demselben Schlüssel öffnen wie die Eingangstür. Der Mann trat ein. Es war stockfinster. Aus Sicherheitsgründen hatte man außen an den Fenstern Rollläden angebracht, die in der Nacht geschlossen waren. Es roch nach Gewürzen und kaltem Kochdunst. Der Schattenmann holte eine kleine Taschenlampe aus seiner Brusttasche und knipste sie an. Der schmale Lichtkegel der Lampe huschte durch den Raum und blieb an einem beschriebenen Blatt Papier hängen, das an einer Pinnwand hing. Es war der Speiseplan des angebrochenen Tages. Interessiert studierte der Eindringling die Aufstellung. Dann brummte er zufrieden.

Die Lampe erhellte den hinteren Teil des Raumes. Zwei große Edelstahltüren reflektierten das Licht. Ihre großen Griffe wiesen sie als Zugänge zum Kühlraum aus.

Der Mann öffnete eine der Türen, die mit einem saugenden Geräusch nach außen aufschwang. Eiskalte Luft schlug ihm entgegen. Er ließ den Lichtstrahl über die Regale an den Wänden wandern. Auf den Zwischenböden wurden Lebensmittel gelagert, die teils roh, teils vorgegart waren. An einem Haken an der Decke hing ein halber Hammel.

Endlich hatte er gefunden, was er suchte: zwei große Edelstahlschüsseln, in denen sich ein Teig aus Lammhackfleisch befand, die Grundlage für ein typisches türkisches Gericht. Der Mann streifte ein wenig von dem Teig ab und versuchte die eiskalte Masse. Wie erwartet, war das Hackfleisch noch ungewürzt. Er wusste aber, dass das Gericht in seinem Endzustand sehr scharf sein würde. Eine ausgezeichnete Voraussetzung dafür, dass jeder andere Geschmack überdeckt wurde. Der Eindringling griff in seine Hosentasche und holte ein Medizinfläschchen heraus, das mit einer klaren Flüssigkeit gefüllt war. Er stellte es neben die Schüsseln auf das Regal und zog einen Teigschaber heraus, der lose in einer der Schüsseln im Hackfleisch steckte. Damit drückte er eine Vertiefung in die Fleischmasse. Genauso verfuhr er mit dem Inhalt der anderen Schüssel. Dann öffnete er den Schraubverschluss der Medizinflasche. Vorsichtig träufelte er jeweils die Hälfte des Flascheninhalts in die Vertiefungen im Hackfleisch. Dann verschloss er die Flasche wieder und ließ sie in seiner Tasche verschwinden. Die Flüssigkeit hatte nur wenig Eigengeschmack. Dieser würde bei der Weiterverarbeitung der Speise völlig überdeckt werden.

Sorgfältig strich der Mann die Öffnungen im Teig wieder zu. Bis morgen früh würde die Masse die Flüssigkeit aufgesogen haben. Das Kneten bei der späteren Zubereitung würde sie gleichmäßig darin verteilen.

Aufmerksam tastete der Mann noch einmal die nähere Umgebung mit dem Lichtstrahl seiner Lampe ab und nickte zufrieden. Er hatte auf dem Regal keinerlei Spuren hinterlassen. Die Kühlraumtür rastete mit einem schnappenden Geräusch ein, als der Mann den Griff von außen umlegte.

Auf dem Weg zum Ausgang ließ seine Aufmerksamkeit ein wenig nach. Da geschah es: Er übersah einen kleinen Topf, der auf einem der Kochherde stand und mit seinem Griff über den Rand des Herdes in den Raum hineinragte. Der Mann streifte mit der Hüfte den Topf, der sofort kippte – doch der Eindringling reagierte sofort und fing das Gefäß in der Luft auf. Es gab nur ein leises blechernes Geräusch, das in der Stille des Raumes jedoch überlaut klang. Der Mann hielt den Atem an. Die Taschenlampe erlosch. Aber außer dem monotonen Brummen der Kühlschränke war nichts zu hören.

Langsam atmete er aus. Das war knapp gewesen. Die dünnen Wände der Gebäude waren hellhörig.

Er knipste die Taschenlampe wieder an und stellte den Topf vorsichtig an seinen Platz zurück. Nachdem er sich davon überzeugt hatte, dass alle Gegenstände an ihrem ursprünglichen Platz standen, bewegte er sich wieder in Richtung Ausgang. Den Weg zurück in die Empfangshalle legte er in beherrschter Eile zurück.

Die Eingangstür war noch immer unverschlossen. Leise eilte er hinaus ins Freie und schloss ab. Ein kurzer, sichernder Blick über das Gelände, dann huschte er davon. Es dauerte nicht lange, dann hatte ihn die Dunkelheit zwischen den Büschen und Bäumen verschluckt.

ANDREAS NEUER JOB

Als der Wecker um sechs Uhr zu piepsen anfing, kam aus der Ecke des kleinen Appartements, in der die Luftmatratzen lagen, ein unwilliges Knurren. Andrea sprang mit einem elastischen Satz aus den Federn und drückte eilig die Ausschalttaste des Funkweckers. Sie warf Marko einen entschuldigenden Blick zu, doch er hatte sich schon wieder herumgedreht und schlief weiter. Jennifer hatte den Wecker gar nicht gehört.

Andrea streckte sich, dann stieg sie über die beiden Schlafenden hinweg und betrat das winzige Bad.

Es war eine sehr aufregende Situation, in der sie sich seit einigen Tagen befand. Sie hatte ein schlechtes Gewissen, weil sie Markos und Jennifers Eltern nicht völlig reinen Wein eingeschenkt hatte. Sie wusste natürlich recht genau, warum sie hierher geschickt worden war. Herr Dr. Müller-Wegmann, ihr Chef, hatte ihr am Telefon klipp und klar erklärt, dass er ihr diesen Job nur anbot, weil er sich in einer Notlage befand. Bis vor einem Jahr war in diesem Club alles normal gelaufen. Doch plötzlich waren Probleme aufgetreten. Ein Clubmanager nach dem anderen hatte ohne Angabe von Gründen gekündigt. Der letzte war vor einigen Tagen einfach sang- und klanglos über Nacht verschwunden. Dazu kam, dass sich die Beschwerden der Gäste über Unfälle, Belästigungen und andere Unannehmlichkeiten häuften. Die Buchungszahlen waren sprunghaft zurückgegangen. Den wahren Grund für diese Entwicklung konnte sich Dr. Müller-Wegmann nicht erklären.

Andrea hatte nicht lange gezögert und zugesagt. Sie machte allerdings zur Bedingung, dass sie nur so lange bleiben würde, bis die Zentrale einen neuen Manager gefunden hatte. Sie war Animateurin und wollte es auch bleiben.

Andrea hatte erst geschwankt, ob sie die Geschwister auf eine Reise mitnehmen sollte, die gefährlich werden konnte. Aber dann hatte sie es nicht übers Herz gebracht, ihnen die Freude zu verderben. Wenn es kritisch wurde, konnte sie Jennifer und Marko immer noch nach Hause schicken.

Sie beugte sich vor und betrachtete ihr Gesicht im Spiegel.

„Hallo, Frau Managerin", nuschelte sie mit Zahnpastaschaum im Mund und zog eine Grimasse. Dann spülte sie ihren Mund aus und wischte sich die Lippen am Handtuch ab. Sie war ziemlich spät dran, denn sie hatte für heute früh, noch vor dem Frühstück der Gäste, eine Besprechung mit den Animateuren des Clubs angesetzt. Schließlich musste sie sich erst einmal einen Überblick über ihre Mannschaft und die Situation vor Ort verschaffen.

Bevor sie das Appartement verließ, schrieb sie für Jennifer und Marko eine Nachricht und legte sie auf den Tisch, damit sie wussten, wo sie war.

Marko öffnete die Augen und musterte die Decke des Raumes. Es dauerte einen Augenblick, bis er realisierte, dass er nicht zu Hause in seinem Zimmer war.

Er warf einen Blick zum Wecker: 9.00 Uhr. Er setzte sich auf und wischte sich über die Augen. Ihm war so, als hätte ihn irgendein merkwürdiges Geräusch aufgeweckt. Der Wecker konnte es nicht gewesen sein. Der war ausgeschaltet.

Die Decke flog mit Schwung zur Seite, und er stand auf. Sein Magen rührte sich, er hatte Hunger. Gegen ein ordentliches Frühstück war jetzt nichts einzuwenden.

Vorsichtig rüttelte er seine Schwester an der Schulter. „Aufstehen, Jennifer!", rief er.

Die Antwort auf seine Weckaktion war aber nur ein unwilliges Knurren.

Marko ging ins Bad. Ein paar Minuten noch, dann würde seine Schwester besser gelaunt sein. Während er sich die Zähne putzte, fiel ihm wieder das seltsame Geräusch von vorhin ein. Hatte er es vielleicht nur geträumt?

Als er wieder ins Zimmer kam, lag Jennifer noch immer schlafend da. Er gab ihr im Vorbeigehen einen Stups mit dem Fuß.

„Bist du bescheuert?", zischte es wütend aus dem Schlafsack. „Lass mich in Ruhe!"

„Es ist Zeit fürs Frühstück", antwortete Marko gelassen. Der Reißverschluss des Schlafsacks öffnete sich, und eine total verknitterte Jennifer blinzelte ins helle Tageslicht.

„Wenn du ein netter Bruder wärst, würdest du mir das Frühstück ans Bett bringen", brummelte sie verschlafen.

Marko lachte. „Das würde dir so passen. Los, schwing die Hufe, mir hängt der Magen bald in den Kniekehlen!"

In diesem Moment wurde die Appartementtür geöffnet, und Andrea trat ein. Sie sah besorgt aus. In der Hand hielt sie verdeckt einen gebogenen Gegenstand.

„Guten Morgen, Andrea, ist was passiert? Du

schaust, als ob dir ein Gespenst über den Weg gelaufen wäre."

Andrea setzte sich langsam, wie benommen, auf ihr ungemachtes Bett und warf den Gegenstand auf die Decke. Erstaunt stellte der Junge fest, dass es ein Krummdolch war. Der Griff war goldfarben und mit orientalischen Ornamenten verziert. Die Klinge war leicht gebogen und sehr spitz.

„Ich glaube, mit diesem neuen Job habe ich mir ganz schön was aufgehalst", stellte Andrea fest. „Wenn man gleich am ersten Tag mit Stichwaffen bedroht wird ..."

Jennifer, die mittlerweile aufgestanden war, nahm den Dolch in die Hand und sah ihn an.

„Wo hast du denn dieses gefährliche Ding her?", fragte sie erstaunt.

„Es steckte draußen im Holz des Türrahmens."

„Dann habe ich das Geräusch doch nicht geträumt", rief Marko.

„Was hat das denn zu bedeuten?", fragte Jennifer. „Ein Souvenir ist das bestimmt nicht!"

„Wenn ich das nur wüsste", gab Andrea bekümmert zurück. „So eine Drohgebärde passt genau in das Bild, das ich gerade bei der Besprechung von den Zuständen in diesem Club bekommen habe." Sie zögerte einen Augenblick, dann erzählte sie den Geschwistern, was sie erfahren hatte.

Marko runzelte die Stirn. „Für diese Vorgänge muss es doch einen Grund geben. Das klingt ganz nach einer verbrecherischen Absicht."

Andrea nickte. „Ich fürchte, du hast nicht ganz Unrecht. Die Animateure haben mir gesagt, dass es Übergriffe auf Gäste gegeben hat. Zum Beispiel wurde eine Gruppe bei einem Ausflug von betrunkenen Männern belästigt. Aber das ist ja noch nicht alles. Aus einigen Zimmern wurden Gegenstände entwendet. Die Gäste waren deshalb verärgert, fühlten sich nicht mehr sicher und reisten ab."

„Hat keiner der Animateure eine Idee, wer oder was hinter diesen Aktionen stecken könnte?", wollte Jennifer wissen. „Sie sagen nichts. Ich habe das Gefühl, dass sie Angst haben."

„Angst?", wunderte sich Marko. „Wovor?"

Andrea wies auf den Dolch. „Vielleicht vor Leuten, die solche Geschenke machen."

„Wer sollte uns denn bedrohen wollen?", fragte Jennifer ratlos. „Wir sind doch erst ein paar Stunden hier und kennen noch gar niemanden."

Andrea erhob sich. „Ich habe genauso wenig einen Verdacht wie du. Ich muss mich zuerst einmal darum kümmern, dass die Gäste bleiben und ihren Urlaub ungestört genießen können. Schließlich haben sie dafür bezahlt." Sie wies mit der Hand auf die Luftmatratzen. „Diese Dinger könnt ihr zusammenlegen. Die nächste Nacht könnt ihr auf jeden Fall bequemer schlafen.“ Sie versuchte zu lächeln.

„So, und jetzt gehen wir erst mal frühstücken, dann sieht die Welt gleich anders aus“, verkündete sie und wandte sich in Richtung Tür. Jennifer und Marko folgten ihr. Den Dolch ließen sie auf dem Bett liegen.

Der Frühstücksraum befand sich in einem der Gebäude, die sich an den Empfangsbereich angliederten. Es war ein heller Raum, der auf der Längsseite Glastüren hatte, die man bei warmem Wetter öffnen konnte.

„Wenn das alle Gäste sind, die zur Zeit im Club sind“, stellte Jennifer auf dem Weg zum Büfett fest, „kann ich verstehen, dass sich die Zentrale in Deutschland Sorgen macht.“ Es war nur ungefähr ein Drittel der Tische besetzt.

„Offenbar gibt es jemanden, der alles tut, damit der Club hier schlecht läuft“, meinte Marko nachdenklich.

Jennifer runzelte die Stirne. „Aber warum?“

Ihr Bruder sah sie entschlossen an. „Wir dürfen Andrea nicht im Stich lassen. Deshalb sollten wir mal ein bisschen herumschnüffeln. Bestimmt finden wir etwas heraus!“

Er nahm sich einen Teller und wandte sich den Köstlichkeiten auf dem Büfett zu.

Während sich die beiden nach ihrem Geschmack bedienten, betrat ein großer blonder Mann mittleren Alters in weißer Uniform den Frühstücksraum. In seinem Schlepptau befand sich ein dunkelhaariger Junge, der etwa im Alter der Geschwister war.

Als der Mann Andrea entdeckte, die sich gerade mit einer der Animateurinnen unterhielt, steuerte er schnurstracks auf sie zu und sagte mit einer klangvollen Stimme, die im ganzen Raum deutlich zu vernehmen war: „Guten Tag, ich vermute, dass sie unsere neue Chefin sind. Mein Name ist Hannes Lörenson. Ich bin der Käpten der *Seeschwalbe,* das ist das clubeigene Schiff. Ich muss mich entschuldigen, dass ich heute früh nicht zur Team-Besprechung kommen konnte, aber wir haben leider ein Problem mit dem Motor. Heute wäre für die Gäste eine Fahrt die Küste entlang zu den antiken Ruinen von Alanya geplant gewesen."

Andrea schüttelte die große Hand des Seebären. „Schön, Sie kennen zu lernen. Haben Sie den Grund für den Defekt schon herausgefunden?"

Lörenson schüttelte bekümmert den Kopf. „Leider nicht. Der Motor der *Seeschwalbe* ist sonst immer zuverlässig wie ein Uhrwerk gelaufen. – Könnten Sie den Gästen bitte Bescheid geben, dass die Fahrt ausfallen muss? Wir holen sie nach, sobald die Schwalbe wieder fliegen kann."

Andrea nickte. Das ging ja gut los. Jetzt war sie kaum ein paar Stunden Managerin des Clubs, und schon gab es eine mysteriöse Panne!

Der Kapitän drehte sich zur Seite und legte dem Jungen seine Hand auf die Schulter.

„Übrigens, das hier ist Hakan. Hakan ist der Neffe meines Bordmechanikers Özdemir. Er lebt mit seinen Eltern in Deutschland und verbringt seine Ferien hier bei seinem Onkel in Manavgat. – Haben Sie etwas dagegen, wenn der Junge hier mit mir frühstückt?"

„Kein Problem", erwiderte Andrea und schüttelte Hakan die Hand.

Während der Unterhaltung hatten sie das Büfett erreicht und gesellten sich zu Jennifer und Marko.

„Weil wir gerade beim Vorstellen sind, Käpten", begann Andrea und wies auf die beiden Geschwister. „Das hier sind Jennifer und Marko, meine Nichte und mein Neffe, die hier für ein paar Wochen Ferien machen. Sicher freuen sie sich darüber, einen gleichaltrigen Jungen als Gesellschaft zu haben."

Die Geschwister und Hakan musterten sich kurz, grüßten einander mit einem „Hi", und die Bekanntschaft war besiegelt.

Kapitän Lörenson nahm sich einen Teller. „Sie haben sicher nichts dagegen, wenn wir uns jetzt erst mal stärken. Solange mein Maschinist in den Eingeweiden der *Seeschwalbe* herumdoktert, bin ich ohnehin arbeitslos."

Er drückte auch Hakan einen Teller in die Hand.

Andrea kam zu Jennifer und Marko und flüsterte unauffällig: „Ich hoffe, ihr seid mir nicht böse, dass ich die beiden zu euch an den Tisch setze. Dieser Hakan scheint ja ganz nett zu sein."

Sie zögerte einen Moment, dann fuhr sie fort: „Vielleicht könnt ihr von dem Jungen noch mehr über die mysteriösen Vorfälle hier erfahren. Bestimmt hat er Gespräche zwischen dem Bordmechaniker und dem Käpten mitbekommen. Der plötzliche Motorschaden der *Seeschwalbe* scheint Herrn Lörenson auch nicht geheuer zu sein. Wir müssen jedenfalls alle Möglichkeiten nutzen, an Hinweise zu kommen. – Ich wäre euch für eure Unterstützung sehr dankbar."

„Jetzt sind wir noch nicht einmal einen Tag hier, und schon sind wir wieder mitten in einem Fall", stellte Jennifer fest, während sie zu ihrem Tisch zurückgingen.

Marko zuckte mit den Schultern. „Solange wir dabei nicht in der Schule sitzen müssen, ist mir das ehrlich gesagt ziemlich egal. Aber was anderes:

Wie stellen wir es an, dass wir aus den beiden etwas herausbekommen?"

Jennifer lächelte spitzbübisch. „Ich stelle einfach dumme Fragen. Das Schlimmste, was passieren kann, ist, dass mich der Käpten für neugierig hält. – Du kannst dich ja in der Zwischenzeit mit Hakan unterhalten."

Ein paar Minuten später kamen Kapitän Lörenson und Hakan mit reichlich gefüllten Tellern an den Tisch. Nachdem sie die ersten Bissen gegessen hatten, begann Jennifer: „Eigentlich schade, Herr Lörenson, dass der Motor der Seeschwalbe nicht mehr funktioniert."

„Ihr könnt ruhig ‚Käpten' zu mir sagen", erwiderte der Mann mit vollem Mund, dann fuhr er fort: „Der alte Diesel hat bisher eigentlich noch nie Probleme gemacht. Özdemir, Hakans Onkel, kennt den Motor wie eine Mutter ihr Baby. Aber manchmal versagt die Technik, da kann man halt nichts machen."

Jennifer beugte sich ein wenig vor. „Vielleicht hat da jemand heimlich daran herumgebastelt? Andrea hat uns gesagt, dass es im Club in der letzten Zeit merkwürdige Vorfälle gab."

Der Kapitän kniff die Augen zusammen und musterte sie scharf. „Ich will nicht hoffen, dass du Recht hast." Dann fuhr er mit gedämpfter Stimme fort: „Im Vertrauen, Özdemir hat tatsächlich den Verdacht, dass jemand Zucker in den Tank geschüttet hat. Damit wäre der Motor natürlich im Eimer. Ich kann mich noch gut erinnern: Als ich vor zehn Jahren für eine Diamantenmine in Südafrika zur See fuhr, hatten wir einen ähnlichen Fall." Seine Stimme bekam einen harten Klang. „Ich habe den Burschen damals erwischt. Der hatte nichts zu lachen. Ihr könnt mir glauben, wenn so ein alter Ostfriese wie ich wütend wird, wackelt die Wand!"

Jennifer und Marko zweifelten keine Sekunde, dass diese Bemerkung wörtlich zu nehmen war.

ANSCHLÄGE

Nach dem Frühstück verabschiedete sich der Käpten von Jennifer und Marko, weil er wieder an Bord gehen wollte. Hakan blieb noch sitzen.

„Wo lebst du in Deutschland?“, wollte Jennifer von dem Jungen wissen. Er war die ganze Zeit über recht schweigsam gewesen.

„Ich komme aus Berlin“, erwiderte Hakan. „Meine Eltern haben dort eine Schneiderei.“

„Du sprichst ja ausgezeichnet Deutsch“, wunderte sich das Mädchen.

Der Junge lachte. „Ich bin in Berlin geboren. Deutsch spreche ich sicher besser als Türkisch. Deshalb schicken mich meine Eltern schon seit einigen Jahren während der Ferien hierher zu meinen Verwandten nach Manavgat. Sie wollen, dass ich meine Muttersprache nicht verlerne.“

„Ist das nicht ziemlich öde, so alleine hier?“, wollte Jennifer wissen.

Der Junge zuckte mit den Schultern. „Ich hänge meistens auf der *Seeschwalbe* herum und mache die Fahrten mit. Meistens sind auch ein paar Kids hier im Club, mit denen ich was unternehmen kann."

„Ich frage mich", unterbrach ihn Marko und wechselte das Thema, „wer etwas davon hat, wenn der Motor der *Seeschwalbe* im Eimer ist."

Hakan wurde ernst. „Ich kann mir das Ganze auch nicht erklären. Seit ein paar Tagen weiß ich, dass auch mein Onkel Ärger hat."

Die Geschwister sahen den Jungen erstaunt an.

„Wie das?", wollte Jennifer wissen.

Hakan blickte sich vorsichtig um, dann beugte er sich nach vorne und senkte die Stimme. „Ich habe vor ein paar Tagen, als ich an Bord der *Seeschwalbe* kam, ungewollt eine Unterhaltung zwischen meinem Onkel und Käpten Lörenson mitgehört. Die beiden befanden sich im Maschinenraum und dachten, sie wären alleine."

Jennifer und Marko sahen ihn gespannt an.

„Meinem Onkel ist es bestimmt nicht recht, wenn ich darüber spreche, aber ich denke, man sollte alles unternehmen, um diese Geschehnisse aufzuklären."

„Jetzt red schon!" Jennifer hielt die Spannung kaum mehr aus.

Hakans Stimme wurde zu einem Flüstern: „Ich bin mir ziemlich sicher, dass mein Onkel einen Drohbrief erhalten hat!"

Jennifer und Marko verschlug es die Sprache.

„Die beiden haben immer von einem Brief gesprochen, den der Käpten im Motorraum der *Seeschwalbe* gefunden hat und der für meinen Onkel bestimmt war. Als ich an Bord kam, war das Gespräch schon fast zu Ende. Deshalb habe ich nicht mitbekommen, ob sie auch über den Inhalt des Briefes gesprochen haben. Aber so wie sie sich ausgedrückt haben, kann es sich nur um einen Drohbrief gehandelt haben."

„Das ist ja ein dickes Ding!", sagte Jennifer.

„Wenn wir nur wüssten, was in dem Brief steht", meinte Marko, „dann hätten wir vielleicht einen Hinweis auf den Absender."

Jennifer sah Hakan durchdringend an. „Marko hat Recht. Wir müssen herausfinden, was in dem Brief steht. Bis dahin sollten wir nicht darüber reden. Nicht auszudenken, wie wir uns blamieren würden, wenn sich herausstellt, dass es nur ein völlig harmloses Schreiben war. – Was meint ihr?"

Für Marko war das keine Frage.

Hakan wirkte recht nachdenklich. „Bestimmt bewahrt Onkel Özdemir so etwas nicht an Bord der *Seeschwalbe* auf. Er hat zu Hause eine Kassette, in der er wichtigen Papierkram hat. Ich könnte mir vorstellen, dass der Brief dort ist."

„Worauf warten wir noch?", fragte Jennifer und erhob sich.

„Meine Schwester hat Recht", bestätigte Marko und stand ebenfalls auf. „Dein Onkel ist an Bord des Schiffes jetzt erst mal gut beschäftigt. Diese Chance sollten wir nutzen und versuchen, an den Brief ranzukommen."

Hakan ging das alles jetzt doch etwas zu schnell. „Hey, hey, ich kann doch nicht einfach in Onkel Özdemirs Sachen rumschnüffeln! Was ist, wenn wir erwischt werden?"

Jennifer wischte seine Bedenken mit einer Handbewegung zur Seite.

„Wir wollen deinem Onkel doch nur helfen! – Wohnt im Haus noch jemand, der uns sehen könnte?"

„Ja, Tante Aischa. Aber die hat heute Vormittag einen Zahnarzttermin in Antalya, das würde schon passen ..."

„Also los", bestimmte Jennifer, nahm ihren leeren Teller und trug ihn zur Geschirrabgabe. Die beiden Jungen folgten ihr.

Die Geschwister fragten Andrea, ob sie und Hakan mit dem Fahrrad ein wenig die Gegend erkunden könnten. Sie versicherten ihr, dass sie bis zum Mittagessen wieder zurück sein würden. Die junge Frau, die froh war, dass sich die beiden beschäftigten, war sofort einverstanden. Wie alle Anlagen des *Club Paradiso* verfügte auch dieser über eine ganze Anzahl Fahrräder, die den Gästen zur freien Verfügung standen. Während die Jungs die Räder aus dem Unterstand holten, rannte Jennifer schnell ins Appartement, um ihren Fotoapparat einzupacken.

Marko nutzte die Wartezeit, um sich anhand der Karte, die im Empfangsraum an der Wand hing, zu orientieren. Der Club lag an der Küste, etwa vierzig Kilometer von Antalya entfernt. Side, ein antiker Hafen am Meer mit vielen Sehenswürdigkeiten, war nur vier Kilometer entfernt. Nach Manavgat mussten sie ungefähr acht Kilometer ins Landesinnere fahren.

Da kam Jennifer zurück, und sie machten sich auf den Weg. Mit den Mountainbikes war die Strecke zwischen Manavgat und dem Club ein Klacks.

Die Straße, die durch Olivenhaine und an Baumwollfeldern vorbeiführte, war wenig befahren. Hin und wieder begegneten sie einem Eselskarren oder sahen Bauern auf den Feldern arbeiten. Der Fahrtwind machte die Hitze des Vormittags erträglich.

Schon bald tauchten die ersten Häuser der Stadt auf. Es handelte sich um einfache, hell gestrichene Gehöfte der Landbevölkerung. Manavgat war eine typische türkische Kleinstadt mit ländlichem Einzugsgebiet und Tourismus. Entsprechend bunt war auch das Leben auf den Straßen. Es fuhren jede Menge rostvernarbte Kleinlaster und abenteuerlich aussehende Autos herum, die sich laut hupend Platz verschafften. Die Esel, die geduldig ihre Lasten trugen, schien der fürchterliche Lärm überhaupt nicht zu stören. Hakan, der sich mit oftmals riskanten Manövern durch den Verkehr schlängelte, winkte seine neuen Freunde hinter sich her. Jennifer und Marko, die sich an das Durcheinander erst gewöhnen mussten, hatten Mühe, ihm zu folgen.

In einer Nebengasse bremste Hakan vor einem schmalen Hof. „Das ist Onkel Özdemirs Haus", verkündete er, während er sein Mountainbike in den Hof hineinschob. Er stellte es in einer kleinen Halle ab, die offenbar als Werkstatt diente. Jedenfalls lagen überall Werkzeuge und Ersatzteile unbekannter Bestimmung herum.

„Onkel Özdemir repariert auch Autos", erklärte Hakan. Sie stellten die Räder ab und betraten das Haus von der Werkstatt aus.

Sie stiegen eine Treppe hinauf. Essensgeruch erfüllte das Stiegenhaus. An den Wänden hingen einige schon leicht verblasste Teppiche.

Als sie oben angekommen waren, rief Hakan

laut in türkischer Sprache. Als keine Antwort kam, meinte er zu den Freunden: „Meine Tante ist tatsächlich nicht zu Hause. Wir sollten uns aber trotzdem beeilen." Ohne zu zögern, betrat er das Wohnzimmer. In einer Ecke war ein gemütlicher Diwan mit vielen bequemen Kissen. Auf dem niedrigen Tisch davor stand eine bunte Schale mit Obst.

„Kommt", forderte Hakan die Geschwister auf. Er war sichtlich nervös. Durch einen Schnurvorhang betraten sie den Raum hinter dem Wohnzimmer. Dieser war offensichtlich das Arbeitszimmer.

Hakan ließ sich auf die Knie nieder und holte unter dem Schreibtisch eine Metallkassette hervor. Der Schlüssel steckte. Er öffnete sie und warf einen Blick hinein. Gleich obenauf lag ein Brief, an dem noch ein Stück Klebeband zu erkennen war.

„Treffer!", rief Hakan zufrieden und zog den Umschlag auf. Er enthielt ein einzelnes Blatt mit wenigen Zeilen. Aufgeregt drängten sich Jennifer und Marko um Hakan, der den offenbar mit einem PC geschriebenen Text überflog.

„Wenn dir deine Gesundheit und die deiner Familie am Herzen liegt, verlasse den Club Paradiso", übersetzte er mit vor Aufregung zitternder Stimme.

Marko deutete auf ein Bild, das bei diesem Brief

die Unterschrift ersetzte. Es zeigte einen türkischen Krummdolch.

„Der Dolch auf dem Bild sieht genauso aus wie der, der heute früh im Türpfosten unseres Appartements gesteckt hat", sagte der Junge.

„Damit ist doch klar, dass beide Botschaften aus ein und derselben Quelle stammen", stellte Jennifer nüchtern fest. „Schade, dass wir den Brief nicht fotokopieren können!"

Wortlos ging Hakan in die Ecke des Büros. Hinter einigen Ordnern verborgen stand ein kleiner Fotokopierer. Der Junge legte das Papier auf die Glasfläche und kopierte es.

„Jetzt müssen wir aber verschwinden", drängte er, nachdem er das Original wieder in die Kassette zurückgelegt hatte. Marko steckte die Kopie ein.

Wenig später waren die drei wieder auf dem Weg zurück zum Club.

Das Mittagessen war zwischen 12.00 und 13.00 Uhr angesetzt. Sie kamen gerade noch pünktlich. Hakan verabschiedete sich. Er wollte seinen Onkel auf dem Schiff besuchen.

Andrea hielt sich im Restaurant auf und kümmerte sich um die Gäste. Sie schien bedrückt. Sie erzählte Jennifer und Marko, dass Käpten Lörenson ihr mittlerweile mitgeteilt hatte, dass der Motor der *Seeschwalbe* tatsächlich mit Hilfe von gezuckertem Diesel lahm gelegt worden war. Da die Fahrten mit dem Schiff fester Bestandteil des Clubprogramms waren, musste sie den Vorfall der Zentrale mitteilen. Dort würde man nicht begeistert sein.

Marko hatte mächtigen Hunger. Besonders auf die dunkelbraun gebratenen Fleischbällchen. Jennifer hielt sich mehr an das Gemüse. Sie hatte keinen Appetit auf Fleisch. Auch die anderen Gäste langten kräftig zu.

„Ich habe das Gefühl, dass hinter den bisherigen Anschlägen eine stinknormale Erpressung steckt", vermutete Marko, während er sich gleich mehrere der Fleischbälle einverleibte.

„Ich weiß nicht", erwiderte Jennifer, „es gibt doch keinen Erpresserbrief. Außerdem, wer soll denn überhaupt erpresst werden? Weder Andrea noch ihre Vorgänger hätten genug Geld gehabt, um einen Erpresser zufrieden zu stellen."

Marko wischte sich den Mund mit einer Serviette ab. „Andrea hat sicher nicht genug Kohle, aber der *Club Paradiso*!"

„Du meinst, irgendjemand will das Reiseunternehmen erpressen?"

Marko nickte. „Du wirst sehen, es dauert nicht mehr lange, dann sind die Gäste so verprellt, dass der Club gewaltige Verluste macht. Das ist dann der Augenblick für den Erpresser. Er stellt seine Forderungen, und der Club wird zahlen, weil er verhindern will, dass die Anlage hier eine totale Pleite wird."

„Es sei denn", ergänzte Jennifer, „wir finden vorher heraus, wer der Erpresser ist."

„Richtig", meinte ihr Bruder und schob sich den letzten Bissen in den Mund. Dann lehnte er sich zurück. „Oh, Mann", stöhnte er, „so viel habe ich schon lange nicht mehr verputzt."

Jennifer lachte: „Jammre nicht herum, ich habe kein bisschen Mitleid. Bei dir sind die Augen immer größer als der Magen."

Marko machte eine Leidensmiene. „Ich fürchte, unsere Ermittlungen müssen noch ein paar Stunden warten. Wenn du mich suchst, ich bin in unserem Appartement. Ich lege mich etwas aufs Ohr." Er stand auf und marschierte davon.

Jennifer sah ihm kopfschüttelnd nach. Er sah tatsächlich etwas blass aus.

Die Sonne hatte um die Mittagszeit ihren Höchststand erreicht und brannte heiß vom Himmel. Jennifer beschloss, an den Strand zu gehen. Dort wehte immer eine leichte Brise.

Marko hatte sich mit einer Cola versorgt und war im Appartement verschwunden. Er legte sich im

Wohnraum auf die Bettcouch und schaltete den Fernseher ein. Die Klänge eines Musiksenders lullten ihn schnell ein.

Als Marko erwachte, fühlte er sich hundeelend. Kalter Schweiß stand ihm auf der Stirn, und ihm war speiübel. Er nahm einen kräftigen Schluck aus der Colaflasche. Doch die erhoffte Linderung blieb aus. Das Getränk war warm und schal geworden.

Im Fernsehen lief zwischenzeitlich eine Nachmittagssoap. Schließlich schaltete Marko den Apparat aus. Er hatte jetzt wirklich keine Lust auf dieses seichte Gequatsche!

Ein Blick auf seine Armbanduhr zeigte ihm, dass er über eine Stunde geschlafen hatte. Das gab es doch nicht! Das mussten noch die Folgen des Flugs sein. Er schüttelte verwundert den Kopf. Das hätte er besser unterlassen. Schlagartig überfiel ihn ein Schwindelanfall, und er musste sich schnell hinsetzen. Er schloss die Augen. Er sah feurige Kreise.

Ganz vorsichtig ließ er sich auf die Couch zurücksinken. So etwas Ähnliches hatte er schon einmal erlebt, als er vor einigen Jahren eine Lungenentzündung gehabt hatte. Damals hatte er gedacht, er würde sterben, so schlecht war es ihm gegangen.

Plötzlich verkrampfte sich sein Magen unter fürchterlichen Schmerzen. Ohne Rücksicht auf den Schwindel setzte er sich auf und beugte seinen

Kopf nach vorne. Ihm war speiübel. Mit letzter Kraft schleppte er sich ins Badezimmer. Dort übergab er sich.

Als der Anfall vorüber war, kniete er am Boden und keuchte. Plötzlich wurde die Badezimmertür aufgerissen, und Jennifer stand erschrocken in der Tür.

„Um Gottes Willen, was ist denn hier los? – Hier riecht es ja fürchterlich!"

„Mir geht es furchtbar schlecht", stöhnte Marko.

„Wieso denn das?", fragte seine Schwester entgeistert.

„Ich weiß es nicht", hauchte er.

Jennifer handelte sofort. „Ich werde Andrea anrufen, damit sie herkommt."

Sie eilte zum Telefon und wählte die Nummer des Büros der Managerin. Die Leitung war belegt. „So ein Mist!", schimpfte das Mädchen aufgeregt. Ausgerechnet jetzt musste Andrea telefonieren! Gleich darauf versuchte sie es noch einmal. – Wieder war das Ergebnis negativ. Was sollte sie tun? Aus dem Bad waren schon wieder eindeutige Geräusche zu hören.

„Ich komme nicht zu Andrea durch", rief Jennifer nach mehreren vergeblichen Versuchen und packte ihren Bruder am Arm. „Meinst du, du schaffst es bis zu ihrem Büro?"

Marko kam schwerfällig auf die Beine. „Niemals", ächzte er, „mir ist so fürchterlich schlecht. Lass mich einfach auf der Couch liegen. Es wird schon wieder vergehen. Wahrscheinlich habe ich nur zu viel gegessen."

Jennifer überlegte einen Augenblick, dann traf sie eine Entscheidung. „Ich stelle dir einen Eimer neben die Couch. Viel hast du bestimmt nicht mehr im Magen. Ich laufe los und sehe zu, dass ich Andrea erwische."

Als sich Jennifer dem Empfangsbereich näherte, hörte sie lautes Stimmengewirr. Sie bemerkte einige Gäste, die dort herumstanden und aufgeregt durcheinander redeten. Einige der Leute befanden sich offenbar ebenfalls in einer schlechten gesundheitlichen Verfassung. Was war denn nur los? Es schien, als wäre eine Seuche ausgebrochen.

Andrea und die Animateure kümmerten sich um die erkrankten Gäste. Sie hatten zusätzliche Sitzgelegenheiten in den Empfangsraum getragen und versuchten die Menschen mit Decken zu wärmen. Obwohl sie dabei alle Hände voll zu tun hatten, mussten sie dabei auch noch den Begleitpersonen der Erkrankten Rede und Antwort stehen.

„Machen Sie sich doch bitte keine Sorgen", erklärte Andrea gerade einer Frau, „wir haben schon

Rettungswagen und ärztliche Hilfe angefordert. Sie müssten jeden Augenblick hier sein."

„Bestimmt haben wir alle eine Lebensmittelvergiftung!", rief ein Mann mit bleichem Gesicht. „Meiner Frau geht es hundsmiserabel. Für diese Sache werde ich den Club haftbar machen. Darauf können Sie sich verlassen."

Andrea gab einem der Animateure einen Wink, damit er sich um die Frau des Mannes kümmerte.

„Ich kann mir nicht vorstellen, dass es sich um eine Lebensmittelvergiftung handelt", versuchte die junge Frau die sich anbahnende Panik zu verhindern. Die Stimmung der Gäste wurde immer gereizter.

Ehe sie weitersprechen konnte, hörte sie in der Ferne Martinshörner.

„Sehen Sie, meine Herrschaften", rief sie erleichtert, „die versprochene medizinische Hilfe ist gleich hier."

Während die Leute zum Fenster liefen, um die ankommenden Fahrzeuge zu sehen, huschte Jennifer zu ihrer Tante hin.

„Andrea ...", flüsterte das Mädchen. „... Andrea, Marko geht es sehr schlecht. Er hat das ganze Mittagessen erbrochen."

Andrea sah Jennifer verwirrt an. „Ihr auch?", fragte sie bestürzt.

„Ich nicht", erwiderte das Mädchen, „nur Marko."

„Mein Gott, was ist hier nur geschehen?", fragte Andrea leise.

Andrea rieb sich die Stirn. „Jennifer, kannst du ihn nicht hierher bringen? Ich kann jetzt unmöglich hier weg."

Das Mädchen nickte. „Ich werde es versuchen."

Marko lag noch immer erschöpft auf der Couch. Es schien ihm aber ein bisschen besser zu gehen.

Den Arm um die Schulter ihres Bruders gelegt, brachte Jennifer ihn durch die Verbindungsflure zum Empfangsgebäude.

Die Animateure hatten mittlerweile auf Anordnung des Arztes in der Empfangshalle mit Hilfe von Strandliegen eine provisorische Krankenstation eingerichtet. Die Patienten lagen in Decken gehüllt auf den Liegen und wurden ärztlich versorgt. Einige ganz schlimme Fälle wurden mit den Rettungsfahrzeugen ins nächst gelegene Krankenhaus nach Antalya gebracht.

Es war fast Mitternacht, als Andrea völlig erschöpft ihr Appartement aufsuchen konnte. Zum Glück hatten sich zwischenzeitlich fast alle Gäste wieder von der rätselhaften Erkrankung erholt. Auch

Marko war wieder einigermaßen fit. Für Jennifer und Marko waren Betten aufgestellt worden, so dass die Geschwister jetzt in ihren eigenen Zimmern schlafen konnten.

Andrea warf noch einen prüfenden Blick auf die Geschwister, die bereits fest schliefen. Die junge Frau war zu müde, um die Kleider auszuziehen. Sie ließ sich einfach auf ihr Bett fallen. Sekunden später war sie eingeschlafen.

In ihrem erschöpften Zustand war ihr gar nicht aufgefallen, dass der Krummdolch, der am Morgen noch auf ihrem Bett gelegen hatte, verschwunden war.

DER UNHEIMLICHE BESUCHER

Merkwürdigerweise war Marko der Erste von den dreien, der am nächsten Morgen erwachte. Er hatte zwar ein Gefühl der Leere im Magen, fühlte sich aber sonst wieder ganz fit. Ein Blick auf die Uhr zeigte ihm, dass es erst kurz nach sechs Uhr war. Sofort fiel ihm wieder die Geschichte mit dem Drohbrief ein. Der Briefschreiber musste sich doch etwas dabei gedacht haben, als er das Dolchsymbol verwendete! Welche Botschaft verbarg sich dahinter?

Marko wurde bei diesem Gedanken zu unruhig, um wieder einschlafen zu können. Er stand auf, machte Katzenwäsche und verließ leise das Appartement.

Für den Jungen stand fest, dass auch die plötzliche Erkrankung vieler Gäste eine verbrecherische Ursache hatte. Sicher würde es nicht mehr lange dauern, bis Andrea ein Erpresserbrief auf den Schreibtisch flatterte.

Einige Minuten später betrat der Junge den

Computerraum, dessen PCs auf dem neuesten Stand waren. Die Gäste hatten hier freien Zugang zum Internet.

Selbstverständlich war zu diesen frühen Stunden kein Mensch da. Marko startete einen Rechner und meldete sich mit einem Benutzerkennwort an, das alle Gäste verwenden durften. Er surfte ein wenig im Web herum, erhielt aber keine befriedigenden Ergebnisse. Plötzlich hatte er eine Idee. Er griff in seine Hemdtasche und zog die zusammengefaltete Kopie des Drohbriefes heraus. Er schaltete den Scanner ein, der neben dem Computer stand, und aktivierte die Bildbearbeitungssoftware. Einige Minuten später hatte er eine relativ gute Schwarz-Weiß-Kopie des Krummdolchs auf dem Bildschirm. Er bearbeitete das Bild etwas, damit es schärfer wurde, dann rief er das E-Mail-Programm auf. Die Mail-Adresse seines Klassenkameraden Flo in Deutschland kannte er auswendig. Flo war ein totaler Internetfreak. Wenn es etwas über die Herkunft und den Verwendungszweck dieses Dolches herauszufinden gab, Flo würde die Informationen beschaffen. Marko schickte eine kurze Mail, in der er einige Angaben machte, damit Flo wusste, um was es ging, dann fügte er noch die Bilddatei des Dolches als Anlage bei. Jetzt konnte er nur noch hoffen, dass Flo nicht schon in die Ferien gefahren war.

Marko sicherte seine Mail und das Bild mit einem Kennwort, so dass ein Fremder die Datei nicht öffnen konnte. Als er den Rechner schon ausschalten wollte, erschien die Nachricht auf dem Bildschirm, dass eine Mail eingegangen sei.

Na, das ging aber schnell!, wunderte sich Marko und klickte die Nachricht an. Die Nachricht kam tatsächlich von Flo. „Hi, Marko!", schrieb der Junge. „Du spinnst völlig. Mitten in der Nacht herumzumailen! Meine Mutter ist ganz schön sauer, weil ich hier auf den Tasten herumklopfe, obwohl wir eigentlich längst auf dem Weg zum Flughafen sein müssten. Wir fliegen heute nämlich nach Spanien. Sorry, dass ich dir nicht helfen kann. Servus, Flo."

Marko verzog das Gesicht. So ein Pech! Auf die Idee, Flo zu fragen, hätte er auch schon früher kommen können. Marko schaltete den Computer ab und verließ den Raum.

Auf dem Flur kam ihm Andrea entgegen. Sie sah noch recht verschlafen aus, und man konnte ihr die Anspannung des vergangenen Tages deutlich ansehen.

„Nanu, du bist schon auf", wunderte sie sich. „Geht es dir wieder schlecht?" Sie warf ihm einen besorgten Blick zu.

Marko schüttelte den Kopf. „Ich bin früh aufgewacht und konnte einfach nicht mehr einschlafen. Da bin ich etwas im Internet rumgesurft."

Für Andrea war das Thema schon erledigt.

„Drück mir die Daumen, dass es heute nicht so viel Stress mit den Gästen gibt. Nach dem Vorfall gestern werden bestimmt einige abreisen. Außerdem muss ich meinen Chef in Deutschland anrufen. Der wird auch nicht erfreut sein." Sie seufzte. „Lasst ihr beide euch aber bitte nicht die Ferien vermiesen. Wir sehen uns später beim Frühstück."

Sie eilte in Richtung Büro davon.

Da bis zum Frühstück noch etwas Zeit war, schlenderte der Junge in Richtung Ausgang. Er wollte zum Strand. Auf dem Weg nach draußen kam er an Andreas Büro vorbei. Es saßen schon mehrere Gäste davor. Ihre Mienen verhießen nichts Gutes. Andrea tat Marko richtig Leid.

Als er die Treppe hinunterlief, kam ein altes, klapperiges Auto durch die Toreinfahrt des Clubs gefahren. Es war offenbar das Gefährt von Hakans Onkel Özdemir, denn der Junge saß auf dem Beifahrersitz und winkte. Der Fahrer hielt und ließ den Jungen aussteigen, dann fuhr er weiter zum Personalparkplatz hinter dem Empfangsgebäude.

„Hi", rief Hakan und kam auf Marko zu. „Mein Onkel muss sich heute um die *Seeschwalbe* kümmern, weil der Käpten nach Antalya gefahren ist, um ein Ersatzschiff zu organisieren. Da bin ich gleich mit herausgefahren. Bist du wieder fit?"

Marko hob den Daumen. Die beiden setzten sich auf die breite Treppe vor dem Eingang.

„Das gestern war aber ziemlich heavy", meinte Hakan. „Wie ich hörte, wird etwas von einer Lebensmittelvergiftung gemunkelt."

Marko winkte ab. „Ich denke, es war wieder ein Anschlag des Erpressers."

Hakan sah Marko scharf an. „Du unterstellst einfach, dass hinter diesen ganzen Aktionen eine Erpressung steckt. Dabei gibt es doch, so weit ich weiß, keinen Erpresserbrief, keine Forderung, nichts! Der Drohbrief an meinen Onkel ist der einzige Anhaltspunkt."

Marko hob die Hand. „Weil du gerade den Brief erwähnst ... Wir müssen herausfinden, was für eine Bedeutung diese Krummdolche haben. Die scheinen mir der Schlüssel zu dem Fall zu sein. Hast du eine Idee, wen wir fragen könnten?"

Hakan überlegte einen Augenblick, dann erwiderte er: „Mein Onkel kennt in Manavgat einen Kunstschmied. Er stellt auch solche Dolche her. Vielleicht kann der uns weiterhelfen."

Er unterbrach sich, weil gerade Jennifer aus dem Haus kam.

„Na, ausgeschlafen?", frotzelte Marko. Als er jedoch das ernste Gesicht seiner Schwester sah, hörte er sofort auf. „Was ist los?", fragte er.

„Ich war gerade bei Andrea im Büro", erklärte sie. „Sie hatte vor wenigen Minuten einen Anruf vom Chefarzt des Krankenhauses in Antalya erhalten, wo die erkrankten Clubgäste behandelt werden. Sie haben offenbar den Mageninhalt der Kranken untersucht und festgestellt, dass es sich bei der Erkrankung nicht um eine Lebensmittelvergiftung gehandelt hat."

„Hab ich doch gleich gesagt!", triumphierte Marko.

„Der Hammer kommt noch", fuhr Jennifer fort. „Der Arzt hat gesagt, dass sie in den Speiseresten eine Substanz gefunden haben, die man aus einer Pflanze gewinnt, die nur in Afrika wächst. Es scheint eine Art Droge zu sein, die ein Krankheitsbild hervorrufen kann, das einer Lebensmittelvergiftung ähnelt."

Diese Neuigkeit machte die Jungen für einen Moment sprachlos.

„Das bedeutet doch", überlegte Marko laut, während sie in Richtung Frühstücksraum marschierten, „dass wir hier im Club, wahrscheinlich sogar unter den Clubbediensteten, einen Attentäter haben, der für diese ganze Sauerei verantwortlich ist."

„Wie kommst du darauf? Es kann doch jeder gewesen sein, der hier ein und aus geht", warf Hakan ein.

„Ich glaube, Marko hat Recht", meinte Jennifer. „Andrea hat gesagt, dass sie nicht verstehen kann, wie die Substanz ins Essen gekommen ist, weil die Lebensmittel und die Küche verschlossen sind. Es kommt nur jemand in Frage, der einen Schlüssel hat."

„Der Koch!", rief Hakan.

„Vielleicht", erwiderte Jennifer. „Andrea hat gesagt, dass alle Mitarbeiter einen Hauptschlüssel haben und damit fast alle Räume aufschließen können."

Während des Frühstücks drehte sich ihr Gespräch nur um das eine Thema.

Marko hörte Jennifer und Hakan eine Weile zu, dann sagte er: „Lasst mich mal kurz zusammenfassen: Meiner Meinung nach müssen wir den Täter im Kreis der Beschäftigten des *Club Paradiso* suchen, weil nur jemand, der freien Zugang zu allen Räumen und zur *Seeschwalbe* hat, ohne aufzufallen Drohbriefe verteilen und Drogen ins Essen mischen kann. Außerdem muss es jemand sein, der schon mehrere Monate hier beschäftigt ist, weil diese Aktionen schon vor einiger Zeit begannen. Das Motiv kennen wir aber noch nicht."

Er sah die beiden anderen eindringlich an. „Also, wenn ihr mich fragt, tippe ich auf Käpten Lörenson!"

Jennifer und Hakan sahen Marko an, als hätte er gerade verkündet, er sei ein Marsmensch.

„Du spinnst", brummte Hakan. „Wie kommst du ausgerechnet auf Lörenson? Er ist doch recht sympathisch."

Marko ließ sich nicht aus dem Konzept bringen. „Er ist schon seit längerer Zeit im *Club Paradiso* beschäftigt. Da er hier wohnt, besitzt er mit Sicherheit einen Hauptschlüssel. Er hätte ohne Schwierigkeiten den Drohbrief im Maschinenraum der *Seeschwalbe* deponieren können, und es wäre ihm auch ein Leichtes gewesen, Zucker in den Tank des Schiffes zu schütten. – Und ...", er machte eine kleine Pause, um die Wirkung seiner Worte zu erhöhen, „... und er war längere Zeit in Afrika. Das heißt, er könnte dort auf die seltene Droge gestoßen sein, die das Erbrechen ausgelöst hat." Er hielt inne und sah Jennifer und Hakan herausfordernd an.

Die beiden schwiegen eine Weile, dann meinte Hakan: „Die meisten Animateure, die hier im Club beschäftigt sind, waren schon in den verschiedensten Ländern. Bestimmt auch in Afrika."

„Was haltet ihr davon, wenn wir uns mal auf der

Seeschwalbe umsehen?", schlug Marko vor. „Wenn der Käpten heute nicht da ist, wäre das doch die beste Gelegenheit!"

Hakan schien von dieser Idee gar nicht begeistert. Er befürchtete Ärger mit seinem Onkel. Schließlich willigte er aber doch ein.

„Dann geht ihr schon mal vor", sagte Jennifer und stand auf. „Ich werde nur schnell meinen Fotoapparat aus Andreas Büro holen. Ich habe ihn gestern dort liegen lassen." Sie drehte sich um und verließ den Raum. Als sie das Empfangsgebäude betrat, bemerkte sie einen teuren Wagen, der gerade neben dem Eingang anhielt. Der Mann, der ausstieg, weckte ihre Aufmerksamkeit. Er war sehr dick und trug einen roten Fez mit dunkelblauer Quaste auf dem Kopf. Wie sie wusste, war das in der Türkei eine noch übliche Kopfbedeckung. Er hatte einen vornehmen europäischen Anzug an, dazu eine Krawatte, die er sorgfältig zurechtzog, bevor er seine Aktentasche ergriff und auf das Empfangsgebäude zuschritt.

Jennifer ging vor ihm hinein. Sie betrat das Büro, ohne anzuklopfen. Andrea war nicht da.

Das Mädchen ging in das kleine Nebenzimmer, das als Aktenraum diente. Die Türe ließ sie angelehnt. Die Kamera lag auf einem der Aktenregale.

Jennifer wollte gerade wieder gehen, als sie

draußen Stimmen hörte. Sie blieb stehen und lugte durch den Türspalt. Es waren Andrea und der fremde Besucher, den sie gerade draußen gesehen hatte. Ein unbestimmtes Gefühl hinderte sie, den Raum zu verlassen. Andrea nahm hinter ihrem Schreibtisch Platz und bot dem Mann einen Sessel davor an. Nachdem sich der Fremde niedergelassen hatte, erschien ein breites Lächeln auf seinen bärtigen Lippen. Mit einer Herzlichkeit, als würde er Andrea schon seit Jahren zu seinen besten Freundinnen zählen, rief er auf Deutsch: „Ah, Sie sind also die neue Managerin dieses Clubs. Gestatten Sie, dass ich mich vorstelle: Mein Name ist Abdullah Ün. Ich möchte Sie gerne in einer dringenden geschäftlichen Angelegenheit sprechen." Er hatte einen starken Akzent, war aber trotzdem gut zu verstehen.

Andrea sah ihn erstaunt an. „Ich wüsste nicht ..."

„Meine Dame", unterbrach sie der Mann sofort, „ich bin überzeugt, dass ich Ihnen von großem Nutzen sein kann. Schenken Sie mir nur ein paar Minuten Ihrer kostbaren Zeit, und Sie werden es nicht bereuen." Beim Sprechen wedelte er in der Luft herum. An beiden Händen trug er protzige Ringe.

Der Mann war Jennifer sofort unsympathisch. Seine Freundlichkeit wirkte unecht. Während er mit Andrea sprach, wanderten seine Blicke unruhig durch den Raum.

„Ich hoffe, meine Beste, wir sind hier ungestört? Manchmal haben die Wände Ohren.“

Er sagte dies mit einem Nachdruck, der Jennifer erschaudern ließ. Spürte er, dass er beobachtet wurde? Andrea konnte er sicher nicht gefährlich werden, dazu war er viel zu schwerfällig. Schließlich hatte ihre Tante den schwarzen Gürtel in Taekwondo.

„Also, was haben Sie mir Geheimnisvolles zu sagen?“, fragte Andrea. Wer sie kannte, wusste, dass sie langsam die Geduld verlor.

Hakan und Marko hatten mittlerweile die *Seeschwalbe* erreicht. Die weiße Motorjacht war am Ende eines langen Stegs vertäut, der vom Strand aus in tieferes Gewässer führte.

„Sollen wir auf Jennifer warten?“, fragte Hakan.

„Wer weiß, wo die wieder hängen geblieben ist“, erwiderte Marko. „Gehen wir an Bord. Sie wird uns schon finden!“

Hakan, der sich natürlich bestens auskannte, führte Marko eine Treppe hinunter unter Deck. Dort befanden sich mehrere Kajüten.

„Dort vorne wohnt der Käpten, wenn das Schiff auf Fahrt ist“, erklärte Hakan und wies auf eine

Holztür. „Ich sehe mal nach Onkel Özdemir und passe auf, dass er dich nicht überrascht. Fass aber nichts an und beeil dich!", mahnte der Junge und verschwand schnell im hinteren Teil des Schiffes. Entschlossen öffnete Marko die Kajüte des Schiffsführers. Wie erwartet war sie leer. Aufmerksam ließ er seinen Blick über die Einrichtung schweifen. Plötzlich zuckte er zusammen: An der Wand über dem Schreibtisch hing ein türkischer Krummdolch! Er sah dem Exemplar, das unter dem Drohbrief abgebildet war, und dem Dolch im Türpfosten des Appartements zum Verwechseln ähnlich.

Marko nickte grimmig. Er fühlte sich in seinem Verdacht bestätigt. Es wurde höchste Zeit, dass sie dem Kunstschmied in Manavgat einen Besuch abstatteten ...

DIE DROHUNG

„Liebe Frau Degener, ich bin hier im Auftrag einer Interessengruppe, die in der Türkei über großen Einfluss verfügt“, begann der Mann feierlich. „Betrachten Sie mich bitte als Freund, der für Sie nur das Beste will. Ich möchte es mal so formulieren: Dieser Interessengruppe ist dieser Club ein Dorn im Auge.“

Er machte eine kleine Pause, um seine Worte wirken zu lassen, dann fuhr er fort: „Meine Auftraggeber sind sehr großzügig. Besonders gegenüber Menschen, die ihre Interessen unterstützen.“

Langsam dämmerte es Jennifer, aus welcher Richtung der Wind wehte.

„Wie darf ich das verstehen?“, fragte Andrea mit scharfem Unterton.

„Nun“, fuhr der Mann unbeirrt fort, „Sie sind eine junge, dynamische Frau, die alle Probleme, die Ihren Gästen den Aufenthalt hier unerfreulich machen könnten, aus dem Weg räumen will. Das ist selbstverständlich eine sehr ehrenhafte Haltung, meine Liebe. Aber es gibt Situationen im Leben, da muss man auch einmal zurückstecken." Er lehnte sich bequem zurück. „Sehen Sie, Ihre Vorgänger haben sehr schnell eingesehen, dass es keinen Sinn hat, sich gegen gewisse Kräfte zu stellen. Das sollten Sie auch tun. Sie haben ja gesehen, dass man sich nicht gegen alle Widrigkeiten des Lebens schützen kann. Nehmen wir doch nur einmal die plötzliche Erkrankung der Gäste ..." Er machte ein Gesicht, als würde er das Geschehene tief bedauern. „Wie ich hörte, ist auch Ihr Schiff, die *Seeschwalbe,* ausgefallen?" Er schüttelte den Kopf. „Einfach schrecklich, dass die Technik immer dann versagt, wenn man sie am dringendsten braucht!"

Jennifer bekam große Augen.

„Würden Sie mir bitte einmal sagen, was das Ganze eigentlich soll?", fragte Andrea geradezu zornig. „Sie spazieren hier herein und bedrohen mich. Ich glaube, Sie sind nicht ganz bei Trost!"

Der Mann ließ ein selbstzufriedenes Lachen hören. „Aber meine Teuerste", gluckste er, „wie kommen Sie denn auf die Idee? Bisher habe ich ja nur die unerfreuliche Situation hier im Club geschildert. ‚Drohung', was für ein hässliches Wort! Im Gegenteil, mir liegt Ihr Wohlergehen sehr am Herzen." Er öffnete seine Aktentasche und holte einen Briefumschlag heraus. „Gestatten Sie mir, dass ich Ihnen als Ausdruck der Wertschätzung ein kleines Geschenk überreiche. Es soll Sie davon überzeugen, dass Sie hier in der Türkei mächtige Freunde haben."

Er reichte das Kuvert hinüber. Andrea nahm ihm den Umschlag aber nicht ab.

„Was soll denn das?", rief sie. „Ich möchte keine Geschenke von Ihnen oder Ihrer merkwürdigen Interessengruppe."

„Sie sollten wirklich nicht so unhöflich sein und das Geschenk ausschlagen", erwiderte Ün mit unvermindert freundlichem Lächeln. „Das könnte uns sehr beleidigen."

Er warf den Umschlag auf den Schreibtisch. Durch den Schwung öffnete sich die Verschlusslasche, und ein Teil des Inhalts fiel heraus. Es handelte sich um ein Bündel Geldscheine.

„Geld? Sie wollen mir Geld geben?" Andrea war sichtlich betroffen.

„Wie gesagt, nur eine kleine Geste", meinte der Besucher. „Wo dieses Geld herkommt, gibt es noch mehr. – Sie sehen, meine Auftraggeber sind durchaus großzügig."

Andrea stopfte mit unbewegter Miene die Scheine in das Kuvert zurück, dann warf sie es dem Mann hin.

„Nehmen Sie Ihr Geld und verlassen Sie mein Appartement und das Gelände des Clubs! Ich möchte Sie hier nicht mehr sehen!" Ihre Stimme wurde bei jedem Wort lauter.

„Meine Liebe", entgegnete der Mann, nun zum ersten Mal mit scharfem Unterton, „Sie sind doch eine intelligente Frau. Sie sollten sich mächtige Leute nicht zum Feind machen."

„Erstens bin ich nicht ‚Ihre Liebe', und zweitens werde ich mich, eben weil ich meinen Verstand beieinander habe, nicht an Ihren Machenschaften beteiligen. – Los, verlassen Sie jetzt den Raum!"

Jennifer horchte angestrengt. Jeder ihrer Muskeln war aufs Höchste angespannt. Falls der Besucher Andrea angriff, würde sie sofort aus ihrem Versteck hervorstürmen und ihr zur Seite stehen. Doch der Mann unternahm nichts dergleichen. Er stand auf, legte den Geldumschlag in seinen Koffer zurück und wandte sich in Richtung Tür.

„Ich befürchte, Sie werden Ihre Haltung noch bereuen", sagte er mit einem schmierigen Grinsen. „Ach, noch etwas: Kommen Sie nicht auf die Idee, die Polizei einzuschalten. Das würde Ihnen nur weitere Unannehmlichkeiten einbringen. Wir erfahren alles." Nach dieser unverhüllten Drohung verließ er das Appartement.

Als Andrea sicher sein konnte, dass er nicht noch

einmal zurückkommen würde, ließ sie sich in ihren Stuhl fallen. Erschöpft stützte sie das Gesicht in ihre Hände.

In diesem Augenblick trat Jennifer zu ihr. Andrea zuckte zusammen, als sie wieder Schritte hörte, und sprang auf. Instinktiv nahm sie die Abwehrhaltung einer Taekwondo-Kämpferin ein.

„Ich bin es bloß“, sagte das Mädchen leise.

Andrea seufzte erleichtert.

„Du hast mich vielleicht erschreckt!“, sagte sie. „Ich wusste nicht, dass du hier warst.“ Sie sah ihre Nichte prüfend an. „Hast du alles mitbekommen?“

Jennifer nickte. „Jedes Wort.“

„Dann muss ich dir ja nichts erzählen. Die Situation ist beängstigend. Ich überlege mir, ob ich euch nicht nach Deutschland zurückschicken soll. Es könnte hier noch sehr gefährlich werden.“

Jennifer sah sie mit großen Augen an, dann widersprach sie energisch: „Vergiss es! Wir werden dich auf keinen Fall alleine lassen!“

Andrea lächelte sie dankbar an. „Ich weiß, dass ich mich auf euch verlassen kann. Aber wenn es hier wirklich brenzlig wird, kann ich vor euren Eltern nicht verantworten, dass ihr hier bleibt.“

Jennifer schlenderte nachdenklich durch das Zimmer und ließ sich in den Sessel plumpsen, auf dem zuvor Ün gesessen hatte. Mit einem Schmerzenslaut fuhr sie sofort wieder in die Höhe. „Was ist denn das?“ Sie hob ein schmales Päckchen in die Höhe, das halb unter dem Sitzkissen verborgen gewesen war.

Andrea trat neben sie und betrachtete es.

„Das hat bestimmt dieser Ün hier gelassen“, vermutete sie. „Sei vorsichtig, weiß der Himmel, was da drin ist. Dem würde ich sogar zutrauten, dass er eine Briefbombe deponiert.“

Jennifer drehte das Päckchen langsam hin und her. Es war in braunes Packpapier eingeschlagen und enthielt, das konnte man deutlich fühlen, einen harten, länglichen Gegenstand.

„Ich mache es jetzt auf“, entschied sie mutig und riss das Papier auf. „Ich kann mir nicht vorstellen, dass das eine Bombe ist. So dumm sind diese Gangster bestimmt nicht.“

Nach kurzer Zeit hatte sie das Papier entfernt. Als sie den Gegenstand erkannte, verschlug es ihr die Sprache.

In diesem Augenblick wurde die Bürotür schwungvoll geöffnet. Marko und Hakan traten herein und blickten erstaunt auf den Gegenstand, den Jennifer in der Hand hielt.

„Schon wieder so ein komischer Zahnstocher!“, witzelte Marko und musterte den Krummdolch. Es war ein Exemplar der bekannten Machart.

Jennifer warf die Waffe auf den Sessel, als hätte sie sich daran verbrannt.

„Könnt ihr mir mal sagen, was hier eigentlich abgeht?", wollte Marko wissen. „Ihr seht aus, als hättet ihr eine Begegnung der dritten Art gehabt."

„Setzt euch!", forderte Andrea die beiden Jungen auf, dann erzählte sie ihnen, was vorgefallen war.

„Den Kerl habe ich gesehen", warf Hakan ein, „so ein dicker Typ im Anzug mit einem Fez auf dem Kopf."

„Was mich am meisten erschreckt, ist die Tatsache, dass er gesagt hat, er würde von allem erfahren, was wir unternehmen. Das kann doch nur bedeuten, dass er hier im Club einen Spitzel hat. Wer kann das nur sein?" Andrea war ganz verwirrt.

„Wahrscheinlich hat er auch dafür gesorgt, dass der Motor der *Seeschwalbe* kaputt gegangen ist", spann Jennifer den Gedankenfaden weiter.

„... und wahrscheinlich ist auch, dass er und seine Komplizen das Gift ins Essen getan haben, damit die Gäste krank wurden."

„Wie ich vermutet habe!", rief Marko, und Hakan nickte.

„Dass es allerdings eine ganze Bande ist, damit habe ich nicht gerechnet."

„Das ist doch keine Erpressung", entgegnete Jennifer. „Oder hast du schon einmal gehört, dass ein Erpresser dem Opfer Geld anbietet? Ün wollte Andrea eindeutig bestechen, damit sie von hier verschwindet. Da steckt doch etwas anderes dahinter!"

Andrea war auch dieser Ansicht.

„Vielleicht liegt des Rätsels Lösung tatsächlich in der Bedeutung der Krummdolche", wandte Marko ein. „Wir müssen dringend nach Manavgat fahren und mit dem Kunstschmied sprechen. Vielleicht sind wir dann schlauer." Er packte den Dolch wieder ein, und Jennifer steckte das schmale Päckchen in die Beintasche ihrer Khakis. Dann brachen die drei Freunde sofort auf.

Wieder parkten sie ihre Räder im Hof von Hakans Onkel. Der Kunstschmied hatte seine Werkstatt einige Querstraßen weiter. Draußen neben dem Eingang standen zwei Tische, auf denen die verschiedenartigsten Kunstgegenstände ausgebreitet lagen: Messingvasen, in die orientalische Muster ziseliert waren, Fenstergitter, die aus kunstvoll verschlungenen Eisenbändern bestanden, und eine ganze Reihe Schmuckschwerter und -dolche.

„Ich denke, hier sind wir richtig", meinte Hakan und schob den Perlvorhang im Eingang zur Seite. Jennifer und Marko folgten ihm in den düsteren

Raum. Ein abgenutzter Tisch trennte den Verkaufsbereich von der eigentlichen Kunstschmiede.

Im hinteren Teil des Raumes stand ein schmächtiger Mann. Er hatte einen verblichenen Fez auf dem Kopf, dessen Farbe man nicht mehr bestimmen konnte. Als Arbeitskleidung trug er einen speckigen Lederschurz. Mit Hilfe eines pfeifenden Blasebalgs blies er Luft in die Kohlenglut einer kleinen Esse. Der Mann hatte ein rußiges Gesicht, von dem sich sein dichter, schwarzer Schnurrbart kaum abhob.

Er warf den drei Besuchern einen kritischen Blick zu, dann schob er ein Stück Eisen, das er mit Hilfe einer Zange in der Esse bis zur Weißglut erhitzt hatte, in einen Wasserbehälter. Fauchend stieg eine Wolke aus Wasserdampf zur Decke der Schmiede. Er legte die Zange weg und kam nach vorne.

Hakan ließ sich von Jennifer den Dolch geben und zeigte ihn dem Mann, wobei er längere Zeit auf ihn einredete.

Der Schmied sagte zunächst gar nichts. Er betrachtete den Krummdolch von allen Seiten, fuhr über die Schneide und studierte das Muster des Griffs im schwachen Licht der Deckenlampe.

Jennifer und Marko warteten gespannt auf seinen Kommentar. Zu dumm, dass sie kein Wort Türkisch verstanden!

Nach einer Weile begann der Kunstschmied mit einer langen Rede. Hakan hörte aufmerksam zu.

Als der Mann geendet hatte, drückte er Hakan den Dolch in die Hand und nahm sofort wieder seine Arbeit auf.

Hakan packte das Messer, murmelte ein paar Dankesworte, dann schob er seine beiden Freunde aus dem Laden.

„Jetzt sag schon!", rief Marko, als sie im hellen Licht der Gasse waren.

„Die Sache ist etwas kompliziert", begann Hakan zögernd. „Er hat gesagt, dass die meisten dieser Dolche billige Massenware sind und für die Touristen hergestellt werden. Dieser hier ist aber etwas Besonderes: Der Griff trägt das Muster des Sultans Süleyman."

Marko zuckte mit den Schultern. „Ja, und?"

„Na ja, im Mittelalter haben die Osmanensultane über fast ganz Europa geherrscht. In der Türkei gab es damals eine Gruppe von einflussreichen Händlern, die in den eroberten Gebieten einen regen Handel betrieben und dadurch sehr wohlhabend wurden. Sie haben natürlich dem Herrscher hohe Steuern zahlen müssen. Sie bildeten eine geschlossene Gesellschaftsschicht, die keinen Außenstehenden aufnahm. Zum Zeichen ihrer Würde und ihres Standes trugen diese Händler einen solchen Krummdolch, der im Griff ein Ornament hatte, das den besonderen Günstlingen des Sultans vorbehalten war."

„Ich verstehe aber immer noch nicht, was das mit den Vorfällen im *Club Paradiso* zu tun haben soll", wollte Jennifer wissen.

Hakan fuhr mit gesenkter Stimme fort: „Der Schmied hat gesagt, dass es auch heute noch eine Gruppe von Geschäftsleuten gibt, die sich ‚Die Osmanen' nennen und diese Dolche als Symbol für ihre Zusammengehörigkeit tragen."

„Trotzdem kapiere ich nicht, was das soll", warf Marko ein. „Diese Leute sind sehr gefährlich", ergänzte Hakan seine Erklärung. „Sie sind das türkische Gegenstück zur italienischen Mafia! – Versteht ihr jetzt?"

Jetzt endlich war der Groschen gefallen. Jennifer und Marko sahen einander betroffen an. Da hatten sie ja mitten in ein Wespennest gefasst! Es stellte sich nur noch die Frage: Welche Interessen hatten die Osmanen am *Club Paradiso*?

Als sie am Empfangsgebäude vorfuhren, stand Andrea mit Tobias Walter und Ingo Schlüter, zwei Animateuren, zusammen und unterhielt sich. Tobias winkte den Kindern freundlich zu. Ingo grinste sie schief an.

„Schön, dass ich euch auch einmal kennen lerne", erklärte Tobias. „Ich bin ja normalerweise für die Organisation der Jugendfreizeit im Club zuständig. Leider sind so viele Gäste abgereist, dass wir kaum noch genügend Jugendliche hier haben, mit denen man eine Gruppe der ‚Seeteufel' zusammenstellen könnte. Das heißt aber nicht, dass ich nicht etwas Spannendes organisieren könnte, wenn ihr wollt."

„Wie wäre es, wenn ihr morgen gleich eine Fahrt die Küste hinauf mitmacht?", schlug Andrea vor. „Käpten Lörenson ist vor einer Stunde mit der *Albatros,* dem Ersatzschiff, eingelaufen. Die *Seeschwalbe* hat ein Schlepper abgeholt, sie muss in der Werft repariert werden. Die ausgefallene Fahrt kann also morgen stattfinden. Ich werde die Gäste beim Abendessen darüber informieren. Wäre das nicht eine interessante Abwechslung für euch?"

Insgeheim hoffte Andrea, auf diese Weise ihre Schützlinge für eine Zeit von ihren gefährlichen Ermittlungen abzubringen.

Jennifer, Marko und Hakan verständigten sich mit Blicken, dann nickten beide. Gegen eine Ausflugsfahrt war nichts einzuwenden. Marko hoffte, bei dieser Gelegenheit etwas mehr über Käpten Lörenson zu erfahren. Sie wussten noch immer nicht, wer der Verbindungsmann der Osmanen im

Club war. Für Marko war der Seemann noch immer der Hauptverdächtige.

„Also gut, Leute“, rief Tobias locker, „dann sehen wir uns morgen auf dem Schiff.“

„Was dagegen, wenn ich auch mitkomme?“, fragte Ingo. „Ich könnte Tobias beim Service unterstützen.“

Andrea war einverstanden. Die beiden Animateure verabschiedeten sich und eilten davon.

EINE SCHIFFFAHRT MIT FOLGEN

Die *Albatros* hätte gut ein Schwesternschiff der *Seeschwalbe* sein können. Obwohl sich die Gästezahl des Clubs nach dem letzten Anschlag weiter reduziert hatte, fanden sich am nächsten Morgen doch einige Leute auf dem Steg ein, um an der Fahrt teilzunehmen. Als Jennifer und Marko dazukamen, waren Hakan und sein Onkel Özdemir gerade dabei, den Laufsteg am Schiff einzuhaken, damit die Passagiere sicher an Bord kommen konnten.

Als der Junge die Geschwister erkannte, winkte er ihnen zu. Der Käpten stand im Steuerhaus und hantierte an den Navigationsinstrumenten herum.

„Hi, Leute", begrüßte Hakan Jennifer und Marko, „kommt, ich habe euch einen tollen Platz reserviert. Da darf nicht jeder hin." Er zwinkerte den beiden verschwörerisch zu, dann lief er ihnen voraus und kletterte die Leiter zum Steuerhaus hinauf. „Na, ihr Landratten", begrüßte sie Käpten Lörenson, „wollt ihr euch ein bisschen Seeluft um die Nase streichen lassen?" Er wies auf mehrere bequem aussehende Sessel, die hinter dem nach hinten offenen Steuerhaus in einer Reihe standen.

„Da könnt ihr euch niederlassen, das sind die Logensitze für besondere Passagiere."

Jennifer, Marko und Hakan ließen sich nicht zweimal bitten. „Wo ist eigentlich dein Onkel?", fragte Jennifer Hakan. „Er war doch gerade noch da."

„Der kümmert sich um den Motor, damit wir nicht während der Fahrt Schiffbruch erleiden. Motoren sind für ihn wie Babys, am liebsten würde er sie Tag und Nacht verhätscheln!"

Marko hatte mittlerweile einen Blick über die Bordwand geworfen. „Hey, dort kommen Tobias und Ingo!", verkündete er und deutete in Richtung Steg. Die beiden Animateure zogen einen kleinen Handwagen hinter sich her, auf dem sich Getränkekästen und Kühlboxen für Lebensmittel befanden. Die beiden winkten freundlich herüber.

„Na, verdursten müssen wir unterwegs jedenfalls nicht", stellte Marko erfreut fest.

Einige Minuten später griff Käpten Lörenson nach dem Bordmikrofon und begrüßte die Passagiere zu der vierstündigen Fahrt die Küste entlang nach Alanya und wünschte allen einen vergnüglichen Ausflug.

„So", brummelte er, nachdem er das Mikro aufgehängt hatte, „jetzt wollen wir mal losschippern."

Er zündete den Motor. Die kräftigen Diesel in der Tiefe des Schiffsrumpfes sprangen sofort an. Wenig später teilte die Albatros kraftvoll die glatte Meeresoberfläche und zog einen breiten Streifen sprudelndes Kielwasser hinter sich her.

An Bord befanden sich etwa zwanzig Passagiere, die sich über das ganze Deck verteilt hatten. Alle waren in ausgelassener Urlaubslaune.

Bald veränderte die Uferregion ihre Gestalt. Der Strand wurde schmaler, grasbewachsene Felsformationen prägten das Bild. In Abständen tauchten jedoch immer wieder kleine Buchten auf. Jennifer hatte ihren Fotoapparat dabei und schoss eine Menge Fotos. Dabei kamen auch viele Passagiere auf ihre Bilder.

Nach einer guten Stunde steuerte Käpten Lörenson eine Bucht an, wo sich zwischen hohen Rifffelsen ein einsames Stück Strand erstreckte. Kaum hatte er den Anker fallen lassen, wurde das Schiff schon von zahlreichen Möwen umschwärmt, die offenbar auf Leckerbissen aus der Schiffsküche oder auf Almosen der Passagiere hofften.

„Meine lieben Gäste", verkündete der Käpten durch das Mikrofon, „vor uns sehen wir Lörensons

Privatstrand. Dort machen wir jetzt eine kleine Pause. Wer will, kann hier baden. Dieser Strand gehört Ihnen ganz alleine, denn er ist vom Ufer aus nicht erreichbar."

Die Passagiere applaudierten begeistert. Alle hatten ihre Badesachen dabei.

„Ich werde auch kurz ins Wasser springen", verkündete Hakan, der unter den Shorts schon seine Badehose trug. „Habt ihr nicht auch Lust?"

Da Jennifer und Marko ausgesprochene Wasserratten waren, gab es da für sie keine Frage. Auch sie hatten natürlich ihre Badeklamotten mitgebracht. In Sekundenschnelle waren sie umgezogen und tauchten mit eleganten Kopfsprüngen in das sonnenwarme Wasser des Mittelmeers.

„Mann, ist das stark!", rief Hakan prustend, als er auftauchte. Mit einer wilden Kopfbewegung schüttelte er sich das Wasser aus den schwarzen Haaren.

Jennifer, die fast gleichzeitig mit ihrem Bruder an die Oberfläche kam, rief: „Was haltet ihr von einem Wettschwimmen zum Strand?"

Die beiden Jungen waren sofort einverstanden.

Der Schattenmann konnte sich auf dem Schiff frei bewegen. Er vergewisserte sich, dass er unbeobachtet war, dann stieg er langsam die Treppe hinunter, die zu den Kajüten führte. Schon kurz nach der

Abfahrt hatte er sich davon überzeugt, dass er sein Vorhaben mit dem Multifunktionswerkzeug in seiner Gürteltasche bequem ausführen konnte. Er klappte die eingebaute Flachzange auf und ging ans Werk. Schon nach ein paar Minuten huschte er wieder an Deck.

Eine Stunde, nachdem sie vor Anker gegangen waren, gab Käpten Lörenson ein Signal mit der Schiffssirene. Dies war das Zeichen für die Schwimmer, langsam wieder an Bord zu kommen. Die Reise sollte ja noch ein Stück weitergehen.

„Na, alles klar", fragte Käpten Lörenson, als die drei Kinder mit nassen Haaren auf der Brücke erschienen. „Wir fahren jetzt noch eine gute Stunde, dann werden wir bei einer kleinen Insel anlegen. Dort gibt es dann ein Picknick." Er warf einen Blick auf die Clubgäste auf dem Vorderdeck, die sich langsam wieder auf ihren Plätzen niederließen. Tobias und Ingo verteilten Getränke.

„Wisst ihr was", meinte der Käpten zu den drei Freunden, „ich werde noch mal schnell in meiner Kajüte verschwinden. Auch ein alter Seebär muss mal für kleine Jungen." Er lachte und eilte die Leiter hinunter. Der Gang zu seiner Kajüte lag neben der Leiter, die zur Brücke führte.

Es war nur wenig Zeit verstrichen, als Hakan fragte: „Habt ihr das nicht auch gehört?“

„Was gehört?“, wollte Jennifer wissen.

„Da war ein Schrei. Hier, unter Deck.“

„Bestimmt irrst du dich“, entgegnete Marko. „Du hast dich von dem Geschrei der Möwen täuschen lassen.“

Aber Hakan beharrte: „Das klang anders. Ich werde vorsichtshalber mal nachsehen.“

Er kletterte die Leiter hinunter. Jennifer und Marko folgten ihm. Sie warfen einen Blick in den Niedergang zur Kapitänskajüte. Wegen der schummrigen Beleuchtung unter Deck konnten sie nicht gleich etwas erkennen. Auf einmal hörten sie einen deftigen Fluch und gleich darauf einen Schmerzenslaut.

„Das ist Käpten Lörenson! Offenbar hat er sich verletzt“, rief Hakan aufgeregt. „Käpten, ist alles in Ordnung?“

„So eine verdammte Sauerei!“, rief der Seemann. „Nichts ist in Ordnung. Ich Trottel bin die Treppe hinuntergestürzt. Passt auf, wenn ihr heruntersteigt, eine Treppenstufe hat sich gelöst, und das Geländer ist auch locker. Es genügt, dass ich verunglückt bin.“

Die Treppe des Niedergangs war ziemlich steil und eigentlich mehr eine Art Leiter, nur mit breiteren Tritten. Um sicher aufzutreten, musste man sich an dem beiderseits angebrachten Geländer festhalten. Jetzt war es locker. Nach der dritten Stufe wäre Jennifer, die vorausging, beinahe ins Leere getreten. Ohne Vorwarnung wäre sie unweigerlich gestürzt.

Käpten Lörenson lag mit schmerzverzerrtem Gesicht im Gang auf dem Rücken. Über sein Gesicht lief ein schmales Blutrinnsal bis hinab in seinen Hemdkragen. Offenbar hatte er eine Platzwunde am Kopf. Stöhnend hielt er sich seinen rechten Arm.

„Mein Gott, Sie hat's ja ganz schön erwischt!", rief Marko, als er die Verletzung sah.

„Danke für die tröstenden Worte", gab der Seemann mit zusammengebissenen Zähnen zurück. „In meiner Kajüte ist ein Erste-Hilfe-Koffer. Holt ihn bitte her. Ich muss zusehen, dass ich wieder auf die Brücke komme."

Marko und Hakan eilten zur Kapitänsunterkunft. Der metallene Erste-Hilfe-Koffer war mit einem großen, roten Kreuz gekennzeichnet und daher nicht zu übersehen.

„Warte eine Sekunde!", bremste Marko seinen Freund, der nach dem Koffer griff. Hakan sah ihn verwundert an.

Marko trat zur Wand, wo ein Krummdolch hing.

Der Käpten hatte ihn wohl beim Wechsel des Schiffes mitgenommen. Der Junge nahm den Dolch herab und betrachtete den Griff sorgfältig. Dann hängte er ihn wieder an seinen Platz zurück. Seine Miene wirkte fast ein wenig enttäuscht.

„Mensch, was machst du denn?", brummte Hakan verärgert, „wir haben doch jetzt keine Zeit, um herumzuschnüffeln."

„Ist ja schon gut", beruhigte ihn Marko. „Jedenfalls wissen wir jetzt, dass Herr Lörenson nicht zu den Osmanen gehört. Der Dolch hat ein ganz anderes Ornament als die Exemplare, die wir gefunden haben."

„Das habe ich dir ja gleich gesagt", erwiderte Hakan.

„Meinst du vielleicht, dass sich der Käpten, würde er zu der Bande gehören, freiwillig die Treppe hinuntergestürzt hätte?" Sie eilten zurück zur Unfallstelle.

„Im Koffer sind elastische Binden", stöhnte der Verletzte, nachdem Jennifer den Metallkasten geöffnet hatte. „Ihr müsst meinen Arm bandagieren. Das werdet ihr doch bestimmt hinkriegen, oder?"

Das Mädchen suchte zwischen Dreieckstüchern, Verbandspäckchen und sonstigen Materialien herum. Vergeblich.

Da hatte Marko eine Idee! „Wisst ihr was, wir fragen einfach, ob sich unter den Passagieren ein Arzt befindet. Vielleicht haben wir Glück."

„Das ist doch nicht nötig", widersprach der Käpten. „Wegen den paar Kratzern brauche ich doch keinen Arzt."

Aber die beiden Jungen waren schon unterwegs. Sie stürmten auf die Brücke, und Hakan schnappte sich das Mikrofon. „Meine Damen und Herren", sagte er, „es gab leider einen kleinen Unfall an Bord. Befindet sich unter Ihnen vielleicht ein Arzt?"

Eine ältere Dame meldete sich.

„Mein Name ist Scheyer, ich bin Allgemeinmedizinerin", stellte sich die Frau vor. „Wo befindet sich denn der Patient?"

„Es handelt sich um den Kapitän", erklärte Marko. „Er ist eine Treppe hinuntergestürzt. Wir vermuten, dass er sich den Arm gebrochen hat."

Tobias und Ingo waren ebenfalls herbeigeeilt und wollten Einzelheiten wissen. Während sie hinter der Ärztin die Treppe hinunterstiegen, berichteten die Jungen den beiden Animateuren von dem Unfall.

Nachdem die Ärztin den Verletzten untersucht hatte, meinte sie: „Die Verletzung am Kopf ist nur eine Platzwunde. Keine große Sache. Ich bin mir aber nicht sicher, ob der Arm gebrochen ist. Das kann man nur auf einem Röntgenbild erkennen. Wir werden ihn deshalb vorsorglich schienen." Sie sah den Mann prüfend an. „Sie scheinen auch Schmerzen in Ihrem Fuß zu haben." Sie legte ihre Hand auf Lörensons rechten Knöchel.

„Au, verdammt!", fluchte der und zuckte zusammen.

„Na, dann wollen wir mal!", sagte die Ärztin und prüfte den Inhalt des Erste-Hilfe-Koffers. Sie holte eine Einwegspritze und eine Schachtel mit Ampullen heraus.

„Ich werde Ihnen jetzt erst einmal etwas gegen die Schmerzen geben", kündigte sie an. „Dann muss ich den Arm und den Knöchel versorgen."

„Geht das alles nicht ein bisschen schneller?", moserte der Käpten. „Ich muss wieder auf die Brücke und mein Schiff führen!"

Die Frau schüttelte energisch den Kopf. „Das können Sie vergessen! Wir werden Ihnen in Ihre Koje helfen; dort bleiben Sie, bis wir wieder anlegen."

„Aber ..."

„Kein Aber", unterbrach die Ärztin energisch. „Gibt es sonst niemanden an Bord, der das Schiff steuern kann?"

„Özdemir hat zwar das Küstenpatent, aber er hat

schon seit ewiger Zeit nicht mehr hinter dem Steuer gestanden", sagte der Käpten.

„Ich werde Özdemir verständigen", erklärte Ingo und verschwand nach draußen. Die Ärztin machte sich währenddessen daran, den Verletzten zu versorgen, und Jennifer half ihr dabei.

Als sie fertig waren, kam Özdemir mit Ingo die Treppe herunter. Der Mechaniker sah seinen Käpten mit besorgter Miene an. Ingo und Tobias, die beiden Animateure, trugen den Verletzten in seine Kajüte. Etwas blass lag er in seiner Koje. Er gab Özdemir noch einige Anweisungen, dann lehnte er sich zurück und schloss die Augen.

Wenig später lichtete die *Albatros* den Anker, und Özdemir steuerte sie in Richtung *Club Paradiso* zurück. Tobias und Ingo informierten die Passagiere. Diese hatten natürlich Verständnis dafür, dass unter diesen Umständen der Rest des Ausflugs ins Wasser fiel.

Der Schattenmann war mit dem Ergebnis seiner Aktion zufrieden, denn er war überzeugt: Dieser Anschlag würde die Managerin des Clubs und die kleinen Schnüffler tüchtig einschüchtern.

Marko verließ unter einem Vorwand die Kajüte. Er hatte einen Verdacht. Als er die Treppe, auf der der

Käpten verunglückt war, erreicht hatte, überprüfte er den lockeren Tritt und das Geländer. Seine Vermutung war richtig: Am Tritt und am Geländer waren die Schrauben und die Muttern entfernt worden. An einen Zufall glaubte der Junge nicht. Marko war sich sicher, dass dies wieder ein Anschlag der Osmanen-Bande war.

DEM TÄTER AUF DER SPUR

Als sie im Club ankamen, war das Mittagessen bereits vorüber. Andrea sorgte sofort dafür, dass der Verletzte ins Krankenhaus nach Antalya kam. Auch die Clubchefin war davon überzeugt, dass dies ein weiteres Attentat der Bande war. Als sie von der verbrecherischen Verbindung der Osmanen hörte, war sie sehr betroffen.

„Jetzt glaube ich, dass diese Gangster zu immer massiveren Mitteln greifen werden, um den Club zur Schließung zu zwingen. Sie wollen mich offensichtlich weich klopfen, damit ich das Feld räume." Erregt marschierte sie im Appartement auf und ab. Jennifer, Marko und Hakan saßen mit betretenen Gesichtern am Tisch.

„Wir müssen schnellstens herausfinden, wer hier im Club für die Bande arbeitet, sonst sind wir niemals mehr vor Attentaten sicher."

„So weit waren wir schon vor dem Anschlag gegen Kapitän Lörenson", warf Marko ein, „wir können doch nicht jeden Animateur durchleuchten!"

Hakan trommelte mit den Fingern auf die Tischplatte. „Das wird auch nicht nötig sein."

Die anderen sahen ihn erstaunt an.

„Käpten Lörenson hat heute Nacht auf der *Albatros* geschlafen", fuhr er fort. „Als Onkel Özdemir und ich heute früh an Bord gingen, war noch kein Mensch vom Club auf dem Schiff gewesen. Die Schrauben an der Treppe müssen also erst nach dem Auslaufen entfernt worden sein."

Jennifer sah ihn gespannt an. „Das bedeutet, dass es jemand getan haben muss, der während der Fahrt auf dem Schiff war."

„Stimmt", sagte Marko, „nachdem Käpten Lörenson als Täter ausfällt und auch dein Onkel Özdemir nicht in Frage kommt, bleiben nur die Passagiere und die beiden Animateure."

„Wir waren uns doch einig, dass Gäste nicht in Frage kommen, weil sie immer nur kurze Zeit im Club wohnen. Der Verbindungsmann muss jemand sein, der schon längere Zeit im Club arbeitet."

Andrea kam an den Tisch. „Wir gehen jetzt ins Büro und sehen in den Akten nach, wie lange Tobias und Ingo schon hier arbeiten. Es liegt nahe, dass der Schuldige einer von diesen beiden ist."

Der Ordner mit den Personalunterlagen der Animateure war schnell gefunden. Andrea prüfte die Unterlagen.

„Beide Männer sind seit Beginn der Urlaubssaison hier beschäftigt. – Etwa zum selben Zeitpunkt setzte die Anschlag- und Pannenserie ein."

„Welchem von beiden kann man solche Schandtaten zutrauen?", fragte Jennifer.

Andrea zuckte mit den Schultern. „Ich kenne beide nicht näher." Sie fasste einen Entschluss: „Ich werde in der Zentrale anrufen und meinem Chef die Situation schildern. Wir müssen die Polizei einschalten. Es geht nicht mehr anders, die Sache wird zu gefährlich."

„Und was ist, wenn die Bande davon erfährt?", gab Hakan zu bedenken. „Diese Osmanen haben vielleicht sogar Verbindungen zur Polizei."

Die junge Managerin seufzte. Sie würde die Entscheidung ihrem Chef überlassen.

Wenig später saßen Jennifer, Marko und Hakan am Strand und blickten auf das Meer hinaus. Sie hatten allerdings keine Augen für den makellosen Strand, der von der Sonne in gleißendes Licht getaucht wurde. Zu sehr waren sie mit der gefährlichen Lage beschäftigt, in der sich nun alle befanden.

Schließlich hatte Hakan einen Einfall: „Ich kenne jetzt nur noch einen, der uns helfen kann. Meinen Onkel Özdemir."

Jennifer und Marko sahen ihn fragend an.

„Er kennt jede Menge Leute." Der Junge verzog das Gesicht. „Er wird zwar nicht begeistert sein, dass ich euch von dem Drohbrief erzählt habe und wir in seinen Unterlagen herumgeschnüffelt haben, aber das werden wir überstehen."

„Ist er noch auf der *Albatros*?", fragte Jennifer und sah hinüber zu dem weißen Schiff, das am Steg vertäut war.

„Ich glaube, er ist nach Hause gefahren", erwiderte Hakan.

Marko sprang auf und wischte sich den Sand vom Hosenboden. „Worauf warten wir noch? Wenn sein Auto nicht mehr auf dem Parkplatz steht, ist er weggefahren. Das bedeutet, dass wir heute noch nach Manavgat müssen."

Zehn Minuten später sausten sie auf ihren Mountainbikes davon.

Der Schattenmann betrat das möblierte Zimmer, das er sich in Manavgat angemietet hatte. Es lag hinter einem Caféhaus und war nur über einen Hinterhof zu erreichen. Ein idealer Schlupfwinkel, wenn er in der Stadt war. Der Mann öffnete einen wackeligen Schrank und holte einen dunklen Anzug heraus. Er zog sich um. Wenig später stand er vor dem Spiegel und stülpte sich eine schwarze Perücke über. Ein angeklebter Vollbart und eine dunkle Brille verwandelten sein Aussehen so sehr, dass ihn nicht einmal seine Mutter so erkannt hätte. Die Schaumgummipolster, die er sich in die Backentaschen gesteckt hatte, veränderten zudem seine Stimme. Ein breitrandiger Hut vervollständigte seine Verkleidung. Seine Verkleidungskünste waren für ihn lebenswichtig, denn er trieb ein gefährliches Spiel. Bei der bevorstehenden Unterredung wollte er um jeden Preis vermeiden, dass ihn durch Zufall irgendeiner der Touristen aus dem Club erkannte.

Onkel Özdemir bekam große Augen, als die drei in sein Haus kamen und Hakan ihm erklärte, dass sie ihn sprechen müssten. Sie ließen sich auf dem bequemen Diwan im Wohnzimmer nieder. Jennifer legte ihren Fotoapparat neben sich.

Der Mechaniker bot ihnen türkische Süßigkeiten an, die aber von den Besuchern gar nicht beachtet wurden. Sie waren viel zu aufgeregt, um etwas zu essen. Ihnen war klar, dass es jetzt ganz auf Hakans Überzeugungskraft ankam. Ohne große Einleitung begann der Junge, seinem Onkel die ganze Geschichte zu erzählen.

Der Mann hörte seinem Neffen aufmerksam zu. Dabei wurde sein Gesicht von Minute zu Minute ernster. Hin und wieder stellte er eine Zwischenfrage. Dabei wechselte sein Gesichtsausdruck zwischen Sorge und Zorn. Als Hakan geendet hatte, stand der Mann auf und lief erregt im Zimmer auf und ab.

„Was ist los?", fragte Jennifer. Sie hielt das Warten nicht mehr länger aus.

Hakan gab ihr ein Zeichen, dass sie sich gedulden solle.

Schließlich begann Onkel Özdemir lebhaft auf seinen Neffen einzureden. Schließlich setzte er sich wieder hin.

Hakan drehte sich zu den Geschwistern um. „Ich habe einen harten Anpfiff bekommen, weil wir in seinen Sachen herumgewühlt haben. Damit hatte ich gerechnet. Was ihn aber am meisten aufregt, ist die Tatsache, dass wir Ärger mit den Osmanen haben. Diese Leute sind schrecklich gefährlich. – Natürlich ist er bereit, uns zu helfen. Er kennt diesen Ün. Er ist Rechtsanwalt und hat hier in Manavgat, in der Nähe des Basars ein Büro. Er muss einen recht zweifelhaften Ruf haben. Onkel Özdemir kennt hier in der Gegend auch einen Polizisten. Er heißt Mehmet Aymaz. Die beiden sind zusammen im gleichen Dorf aufgewachsen. Herr Aymaz soll sogar etwas Deutsch sprechen. Mein Onkel möchte, dass wir mit ihm reden."

Jennifer und Marko sahen sich an. Es gab wohl

keine andere Lösung. Onkel Özdemir war nach draußen verschwunden. Sie hörten ihn telefonieren.

Eine Stunde später kam der Polizist. „Mein Name ist Mehmet Aymaz", stellte er sich vor. „Ich bin Polizeileutnant hier in Manavgat. Ihr müsst mein schlechtes Deutsch entschuldigen, aber ein kurzer Aufenthalt in Deutschland während einer Fortbildung ist nicht lang genug, um die Sprache perfekt zu lernen. Wenn ich Özdemir recht verstanden habe, steckt ihr in großen Schwierigkeiten. Würdet ihr mir bitte alles noch einmal ganz genau erzählen."

Der Bericht der drei Kinder dauerte fast zwei Stunden. Immer wieder fragte der Polizeibeamte dazwischen oder ließ sich Passagen von Hakan übersetzen. Dabei machte er sich immer wieder Notizen.

Als sie fertig waren, erhob sich der Polizeileutnant, trat ans Fenster und blickte hinaus. Schließlich drehte er sich um.

„Es wäre besser gewesen, wenn eure Tante Andrea gleich zu mir gekommen wäre. Wir haben schon vor Monaten von ähnlichen verbrecherischen Aktivitäten der Osmanen gegen Urlaubseinrichtungen in der angrenzenden Küstenregion erfahren. So massiv wie hier in Pamfilya waren diese

Sabotageanschläge allerdings nicht. Wobei wir auch nicht wissen, was die Verbrecher eigentlich erreichen wollen. Ün ist uns schon seit Jahren bekannt. Er ist ein windiger Anwalt, der seine Finger in allen möglichen schmutzigen Geschäften hat. Wir konnten ihm bisher leider noch nichts beweisen. Ihr sagt, dass ihr zwei Animateure verdächtigt ..."

Die drei Freunde nickten einmütig.

„Es wäre gut, wenn wir von den Männern Fotos hätten. Dann könnte ich sie in den Polizeicomputer einscannen und mit den Bildern in der Verbrecherkartei vergleichen. Selbst wenn die Verdächtigen in der Türkei noch ein unbeschriebenes Blatt sind, könnten sie zumindest unseren Kollegen im Ausland bekannt sein."

„Andrea hat Fotos von den beiden in den Personalakten, das habe ich gesehen", meinte Marko.

Der Polizist überlegte kurz, dann fuhr er fort: „Dann werde ich morgen früh mal im Club anrufen und mich mit eurer Tante außerhalb des Clubgeländes treffen. Dann kann sie mir die Fotos geben. Ich selbst will das Gelände nicht betreten. Diese Bande ist sehr gefährlich und hat sich bestimmt abgesichert, damit sie rechtzeitig erfährt, wenn die Polizei eingeschaltet wird." Er sah auf seine Uhr. „Ich muss jetzt nach Antalya zu einer Konferenz fahren. Unternehmt bitte nichts, bis ich mit eurer

Tante gesprochen habe. Diese Leute sind gefährlicher als Giftschlangen. Hier ist meine Handynummer – für den Notfall." Er überreichte Jennifer seine Visitenkarte, dann verabschiedete er sich und ging.

Jennifer, Marko und Hakan bedankten sich bei Özdemir für seine Hilfe und verließen ebenfalls das Haus.

Sie waren kaum ein paar Meter gegangen, als sich Jennifer gegen die Stirn schlug.

„Verflixt, ich habe meine Kamera liegen lassen", rief sie und machte auch schon auf dem Absatz kehrt. Als sie zwei Minuten später mit dem Apparat in der Hand zurückkam, war sie ganz aufgeregt.

„Leute, mir ist was eingefallen, auf das ich schon viel früher hätte kommen müssen."

Die beiden Jungen sahen sie neugierig an.

„Hier ...", sie hielt den Apparat hoch, „... hier auf diesem Film sind jede Menge Fotos von der Küstenfahrt. Bestimmt sind auch Tobias und Ingo auf den Bildern. Wir müssten den Film nur entwickeln lassen. Vielleicht sieht man sie darauf bei irgendeiner verdächtigen Handlung."

„Das hätte dir wirklich eher einfallen können", brummte Marko.

Jennifer verzog schuldbewusst das Gesicht.

„Im Basar gibt es einen Fotoladen", sagte Hakan. „Dort können wir den Film abgeben. Vielleicht geht es ja schnell, und wir bekommen die Bilder nach einer Stunde."

Sie ließen die Räder im Hof Onkel Özdemirs zurück und marschierten zum Basar. Dort herrschte Hochbetrieb. Die Menschen drängten sich in einem dichten Strom durch die enge Ladenstraße. Händler, in europäischer oder orientalischer Kleidung, standen vor ihren Geschäften und priesen wortreich ihre Waren an.

Die Kunden, Einheimische wie Touristen, verstopften die Wege. Das Geschrei der Händler und das Schimpfen der Passanten mischte sich mit türkischer Musik, die aus den Läden drang. Überall roch es nach exotischen Gewürzen.

„Mann, das ist ja der helle Wahnsinn!", stöhnte Marko. „Da kann man doch kein vernünftiges Wort wechseln."

Hakan lachte. „Nach fünf Minuten hast du dich daran gewöhnt. Das Fotogeschäft ist einige hundert Meter die Straße hinunter."

Jennifer, die den Film noch voll bekommen wollte, versuchte immer wieder Schnappschüsse zu machen, was sich aber in diesem Gewühl als unmöglich erwies. Durch ihre Kleidung und ihr Äußeres erkannten die Händler Jennifer und Marko natürlich sofort als Touristen. Die Folge war, dass man ihnen immer wieder mit großen Gesten und viel stimmlichem Aufwand irgendwelche Waren anbot. Manchmal blieben sie in der Menge stecken. Hakan bemühte sich redlich, seine Freunde durchzuschleusen.

Marko hätte den Fotoladen sicher nicht als solchen erkannt. Der einzige Hinweis, zwischen bedruckten Schals und T-Shirts, war ein großes Kodak-Schild, das etwas schief links neben dem Eingang des Geschäftes befestigt war. Ohne Zögern teilte Hakan einen Vorhang aus Perlschnüren und trat ein. Jennifer und Marko folgten zögernd. Ein junger Türke kam aus dem dunklen Hintergrund des Ladens. Die beiden Geschwister waren heilfroh, dass Hakan sachkundig mit dem Verkäufer verhandelte. „Gibst du mir bitte mal den Film?", wandte dieser sich nach dem Wortwechsel an Jennifer. „Ich habe es eilig gemacht. Wir können die Bilder in zwei Stunden abholen."

Jennifer kurbelte den Film zurück, öffnete in einer Ecke den Fotoapparat und reichte den Film heraus. Sie bekamen von dem Mann einen Abholschein mit einer Nummer ausgehändigt, wenig später standen sie wieder auf der Straße.

„Was machen wir, bis die Bilder entwickelt sind?", fragte Jennifer.

„Wir könnten uns die römischen Ausgrabungen vor der Stadt ansehen", schlug Hakan vor.

Marko hatte eine andere Idee. „Was haltet ihr davon, wenn wir uns das Haus dieses Ün ansehen."

Jennifer hatte Bedenken. „Was versprichst du dir davon?"

Marko zuckte mit den Schultern. „Man weiß nie, wofür es gut ist, wenn man die Örtlichkeiten kennt."

Hakan war einverstanden. Da Onkel Özdemir ihnen die Straße beschrieben hatte, war es für den ortskundigen Jungen eine Kleinigkeit, die winkelige Nebengasse zu finden, in der sich die Anwaltskanzlei befand. Vor dem Haus blieben sie stehen. Es war ziemlich heruntergekommen und machte keinen sehr Vertrauen erweckenden Eindruck. An der Hauswand befand sich ein fleckiges, wackeliges Emailschild mit der Aufschrift: *Abdullah Ün*. Darunter stand ein Wort, das den Geschwistern gar nichts sagte.

Auf Jennifers Frage erklärte Hakan: „Das heißt ‚Rechtsanwalt'."

„Ein Rechtsanwalt, der selber kriminell ist", stellte Marko kopfschüttelnd fest. Da es nichts Besonderes zu sehen gab, marschierten sie weiter. Nach einigen Metern sah Jennifer eine dunkle Gestalt aus dem Haus kommen.

„Auh", rief Marko, als ihn seine Schwester plötzlich heftig in die Seite boxte, „spinnst du!"

„Da ... da ist Ün", flüsterte das Mädchen aufgeregt. Jetzt blickten auch die anderen vorsichtig zurück. Tatsächlich lief gerade ein dicker Mann mit einem roten Fez auf dem Kopf vom Haus des Anwalts in die entgegengesetzte Richtung, die die Freunde eingeschlagen hatten.

„Er geht zum Basar!", sagte Hakan.

„Los, hinterher!", rief Marko und war schon unterwegs. Die anderen beiden folgten ihm.

Es war schwierig, dem Mann in der Menschenmenge zu folgen. Ün hatte es auf Grund seiner Körperfülle deutlich leichter.

„Wo will er nur hin?", überlegte Jennifer laut.

Sie hatte noch nicht zu Ende gesprochen, als der Mann plötzlich von der Straße abbog und in einem Eingang verschwand.

„Mist, jetzt ist er weg!", schimpfte Marko. „Er ist in ein Geschäft hineingegangen. Dorthin können wir ihm unmöglich folgen, da merkt er doch sofort, dass ihm jemand auf den Fersen ist."

Hakan war einige Schritte weiter gegangen. Einen Augenblick später kam er zurück und teilte mit: „Er ist in ein Caféhaus gegangen."

„Können wir da rein?", wollte Jennifer wissen.

Hakan zuckte mit den Schultern. „Ich kenne den

Laden. Da können wir schon rein. Genau genommen ist es ein Schnellrestaurant und ein Caféhaus. Die beiden Bereiche sind durch eine Stellwand getrennt. Ich war schon öfters mit meinem Onkel drin."

Jennifer und Marko zögerten nicht lange und folgten Hakan in das Lokal.

EIN VERBRECHERISCHER PLAN

Eine betörende Geruchsmischung aus Kaffee und gebratenem Fleisch stieg ihnen in die Nase. Stimmengewirr erfüllte den Raum. Marko warf schnell einen Blick hinter die Wand in das Café.

„Er befindet sich direkt an der Trennwand mit dem Gesicht zu uns. Ein Typ im schwarzen Anzug sitzt mit ihm am Tisch. Er wendet uns den Rücken zu. Sein Gesicht konnte ich nicht erkennen." Hakan überlegte kurz, dann schlug er vor: „Wir setzen uns dort drüben hin. Dann sind wir direkt neben den beiden, nur auf der anderen Seite der Trennwand. Sie ist nicht sehr dick. Vielleicht haben wir Glück und können das Gespräch belauschen."

Hastig eilten sie zu dem Tisch und ließen sich nieder. Ihre Seite des Lokals war gut besucht, deshalb schenkte ihnen niemand allzu große Beachtung.

„Ich hol uns schnell eine Cola", erklärte Hakan, „damit der Besitzer nicht misstrauisch wird. Ich bin gleich wieder da."

Jennifer, die direkt an der Wand saß, wurde ganz blass. „Ich kann die Stimmen ganz deutlich hören, einer davon ist eindeutig Ün. Wenn ich doch Türkisch könnte!“

In diesem Augenblick kam Hakan mit drei Flaschen an den Tisch zurück.

„Seid jetzt mal mucksmäuschenstill“, forderte Hakan und rutschte neben Jennifer, „vielleicht kann ich etwas verstehen.“

Der Junge lehnte sich zurück und lauschte konzentriert. Sein Ohr hielt er dicht an die Stoffwand. Jennifer und Marko rückten ganz nahe an ihn heran, damit er leise sprechen konnte.

„Ich werde direkt übersetzen, was ich verstehen kann“, flüsterte Hakan. „Hört mir also genau zu.“

Jennifer und Marko nickten.

„Ün hat gefragt: ‚Wie sieht es draußen aus?‘“

Der andere: ‚Es sieht nicht so aus, als würde sie aufgeben wollen.‘

Ün weiter: ‚Dieser Arzt aus dem Krankenhaus hat im Club angerufen und gesagt, dass sie das Zeug analysiert haben. Das ist höchst ärgerlich. Du hast gesagt, dass man die Substanz nicht nachweisen kann. Hast du draußen schon was von der Polizei bemerkt?‘

Der andere: ‚Ich habe nicht gedacht, dass sie hier so feine Untersuchungsmethoden haben. Soweit ich weiß, haben sich die Bullen bisher noch nicht blicken lassen.'

Ün: ‚Wir müssen die Operation zu Ende bringen. Meine Auftraggeber wollen Ergebnisse sehen.'

Der andere: ‚Wir müssen vorsichtig sein. Diese Managerin und vor allen Dingen die Kinder sind verdammt misstrauisch.'

Ün: ‚Deshalb müssen wir schnell handeln. Hast du einen Vorschlag?'

Der andere: ‚Wenn ich zu viel riskiere, könnte ich enttarnt werden.'

Ün: ‚Das ist dein Problem. Du bekommst schließlich genug Geld. Einen Rückzieher kannst du dir nicht erlauben. Unsere Geschäftspartner sind ungeduldig. Noch eine schlagkräftige Aktion, dann kannst du verschwinden. Falsche Papiere für dich liegen bei mir im Tresor.'

Der andere: ‚Was hältst du davon, wenn ich denen ein wenig einheize?'

Ün: ‚Du meinst ...'

Der andere: ‚So ein kleines Feuerchen kann gewaltige Überzeugungskraft entwickeln. Die Küche würde sich ganz besonders dafür eignen, weil damit gleich der ganze Eingangskomplex in Flammen aufgehen würde. Danach geben sie bestimmt auf.'

Ün: ‚Wann?'

Der andere: ‚Heute noch.'"

Hakan machte eine kleine Pause. Er hatte die Augen geschlossen, damit ihm kein Wort entging. Dann übersetzte er weiter: „Ün: ‚Gut. Einverstanden. Aber danach setzt du dich sofort ab. Die Polizei darf dich auf keinen Fall erwischen. Und falls doch ...!'"

Pause.

„‚... wirst du im Gefängnis einen kleinen Unfall haben. – Das ist nur ein kleiner Hinweis, für den Fall, dass du vorhast zu singen.'"

Der Übersetzer schwieg. Als ihn Jennifer und Marko fragend ansahen, zuckte er nur mit den Schultern.

Plötzlich gab Jennifer ihrem Bruder einen Stupser. Mit dem Kopf deutete sie in Richtung Ausgang. Der Mann im schwarzen Anzug, mit dem großen Hut auf dem Kopf verließ, ohne sich umzusehen, das Caféhaus. Da sie ihn kurz von hinten sahen, konnten sie sein Gesicht nicht erkennen.

„Das war aber weder Tobias noch Ingo", stellte Jennifer betroffen fest. Damit gerieten ihre sämtlichen Verdachtstheorien ins Wanken. „Das war überhaupt niemand aus dem Club."

„Wartet mal", meinte Hakan und eilte zum Ausgang. Gleich darauf kam er wieder zurück. „Wie vom Erdboden verschluckt!", teilte er mit.

„Was ist, wenn sich der Kerl verkleidet hat", gab Marko zu bedenken. „Nach dem, was er erzählt hat, ist er im Club beschäftigt."

„Die Stimme habe ich aber auch noch nie gehört", warf Hakan ein.

„Das ist ja jetzt auch egal", erwiderte Marko ungeduldig. „Tatsache ist, dass dieser Kerl im Club Feuer legen will!"

Da hob Hakan die Hand. Hinter der Trennwand war ein Ruf zu hören gewesen.

„Ün will die Rechnung!", verkündete der Junge. Tatsächlich zahlte der Mann und stand auf.

„Wir müssen so schnell wie möglich zum Club zurück und Andrea warnen", drängte Marko.

„Was ist mit den Fotos?", wollte Jennifer wissen.

„Vergiss die Fotos!", entgegnete ihr Bruder. „Wir müssen eine Katastrophe verhindern!"

Sie hetzten zu Onkel Özdemirs Haus zurück und holten ihre Fahrräder. Da niemand zu Hause war, fuhren sie unverzüglich los. Als sie aus Manavgat hinausfuhren, hörten sie hinter sich den Ruf des Muezzins, der die Moslems zum Abendgebet rief.

Es dämmerte bereits, als der Schattenmann auf seinem schnellen Motorrad die Umzäunung des Clubgeländes erreichte. Die Maschine hatte er für diesen Tag in einem Schuppen neben seinem Zimmer in Manavgat abgestellt. Er wusste, dass er nach seiner Tat möglichst schnell eine große Strecke zwischen sich und die türkische Südküste bringen musste. Er versteckte das Motorrad hinter einer Gruppe von Büschen, dann betrat er auf Nebenwegen das Clubgelände und suchte sein Zimmer auf. Er wurde von niemandem gesehen.

Jennifer und Marko lehnten ihre Räder gegen das Empfangsgebäude und liefen hinein. Vor lauter Aufregung vergaßen sie anzuklopfen, als sie in das Büro ihrer Tante stürmten.

„Na, ihr habt es aber eilig!", rief Andrea erschrocken und stand auf. „Was ist denn los?"

„Wir haben schlimme Neuigkeiten", erwiderte Marko.

Andrea sah die Kinder bestürzt an. „Was ist denn jetzt schon wieder los?"

Wild durcheinander redend berichteten die drei der jungen Frau, was sie in Manavgat erlebt hatten. Als sie den bevorstehenden Brandanschlag erwähnten, war Andrea sichtlich schockiert.

„Wir müssen sofort unseren Polizisten anrufen", dachte sie und griff nach dem Hörer.

„Warte mal", hielt Marko sie zurück, „Ün hat doch gesagt, dass er über alle deine Schritte informiert ist. Vielleicht ..."

Er sprach nicht zu Ende, stattdessen ergriff er den Hörer. Es handelte sich noch um ein etwas altmodisches Telefon, bei dem man den Deckel des Sprechteils abschrauben konnte. Triumphierend deutete er wenig später mit dem Finger auf einen knopfgroßen Gegenstand, der im Inneren erkennbar war.

„Dachte ich es mir doch", sagte Marko grimmig. „Wahrscheinlich ist diese Wanze schon lange dort drin. Dadurch konnte die Bande jedes deiner Gespräche und bestimmt auch die deiner Vorgänger belauschen." Er schraubte den Hörer wieder zu.

„Warum hast du sie nicht entfernt?", wollte Andrea wissen.

„Dann wird die Bande mit Sicherheit misstrauisch. Wir dürfen auf keinen Fall etwas tun, was ihnen verraten könnte, dass wir Bescheid wissen. Wichtige Gespräche kannst du nur noch über dein Handy führen."

„Du hast Recht", antwortete Andrea, „dann gehen wir jetzt in unser Appartement, und ich rufe Leutnant Aymaz an. Wir brauchen heute Nacht unbedingt Polizeischutz."

Nach Einbruch der Dunkelheit verließ der Schattenmann sein Appartement. Er verließ den Gebäudekomplex durch eine Hintertür und betrat wenig später einen kleinen Schuppen, der auf der Rückseite des Gebäudes angebaut war. Dort wurden die Maschinen wie Rasenmäher, Motorsensen und Ähnliches verwahrt, die zur Pflege des Clubgeländes eingesetzt wurden. Diese Maschinen hatten alle Benzinmotoren. Entsprechend umfangreich war der Vorrat an Treibstoff. Er lagerte in Kanistern in einem Nebenraum, der mit einer Stahltüre vom eigentlichen Geräteraum getrennt war.

Der Schattenmann öffnete die Trenntür und warf einen Blick hinein. Das würde für ein ordentliches Feuerchen reichen! Er verließ den Geräteraum so vorsichtig, wie er ihn betreten hatte. Wenig später verschwand er wieder in seinem Appartement. Er hatte noch ein paar Vorbereitungen zu machen.

Jennifer, Marko und Hakan lauschten Andrea, die sich bemühte, dem Polizeileutnant am Handy die neueste Entwicklung im Club zu erklären. Zum Glück war der Mann schon wieder in Manavgat, hatte aber mittlerweile natürlich schon Feierabend.

„Wir müssen heute Nacht mit einem Brandanschlag rechnen", sagte Andrea gerade mit erhobener Stimme. Es war ihr deutlich anzumerken, dass sie langsam in Panik geriet. „Sie müssen hierher kommen und uns helfen."

Sie hörte einige Zeit zu, wobei sie immer wieder mit dem Kopf nickte.

„Ja, das machen wir. Gut, einverstanden", sagte sie schließlich und legte auf.

„Ich soll ihm per Fax einen Lageplan des Clubs schicken und darauf einzeichnen, wo sich die Küche befindet. Er wird so schnell wie möglich ein Sondereinsatzkommando aus Antalya kommen lassen. In Manavgat befindet sich nur eine schwach besetzte Polizeistation, die uns kaum helfen kann." Sie eilte zur Tür. „Ich werde schnell das mit dem Fax erledigen." Sie hastete hinaus.

„Weiß der Himmel, wann die Polizisten kommen", meinte Marko enttäuscht, „so lange können wir doch nicht warten."

„Es ist zum aus der Haut fahren!", ärgerte sich Jennifer. „Jetzt sind wir kurz davor, den Kerl zu schnappen, und keiner ist da, der uns helfen kann!"

„Warum halten wir nicht Wache?", schlug Hakan vor. „Mit Andrea sind wir vier, und der Verbrecher ist alleine. Wir müssen uns nur bewaffnen und das Überraschungsmoment für uns ausnutzen. Wenn er dann kommt, kriegt er eins über die Rübe, und die Polizei braucht ihn nur noch festzunehmen!"

Jetzt mussten sie nur noch Andrea überzeugen!

DER FEUERTEUFEL

Der Schattenmann wartete bis kurz nach Mitternacht, erst dann konnte er sicher sein, dass alle Gäste, die Managerin und die Animateure schliefen. Er hatte wieder seine dunkle Kleidung angezogen. Die Waffe steckte griffbereit im Holster. Zur Sicherheit hatte er sich eine schwarze Maske über den Kopf gezogen, in der nur zwei Öffnungen für die Augen waren. Sofort nach dem Anschlag würde er sich auf sein Motorrad schwingen. Ün wartete auf seinen Anruf. Sie würden sich bei den römischen Ruinen am Rande von Manavgat treffen. Ün würde ihm die falschen Papiere aushändigen und ihm eine Kontonummer in der Schweiz nennen.

Polizeileutnant Aymaz war sinksauer. Jetzt telefonierte er schon über eine Stunde herum und hatte noch immer keine Entscheidung für den Einsatz der Sondereinheit! Er hatte sich bis zum Polizeipräsidenten durchtelefoniert, den man seinetwegen sogar aus einer Theatervorstellung geholt hatte. Sein oberster Chef hatte ihm zugehört, dann hatte er ihm schnelle Hilfe zugesagt. Aymaz hatte keine Ahnung, was der Mann unter „schnell“ verstand. Jedenfalls waren seit dem Anruf sechzig Minuten vergangen, in denen sich nichts getan hatte.

Schließlich zog Aymaz seinen Einsatzanzug an und steckte sich zwei Ersatzmagazine für seine Pistole ein. Er konnte die junge Frau draußen im Club nicht länger warten lassen. Vorsorglich studierte er noch einmal den Lageplan, den ihm Andrea gefaxt hatte, und prägte sich die Örtlichkeiten ein. Dann steckte der Polizist sein Funktelefon ein und verließ sein Haus. Er befestigte sein abnehmbares Blaulicht auf dem Dach seines Autos und brauste in die Nacht. Das Handy lag griffbereit neben dem Fahrersitz. Der Polizeipräsident hatte seine Nummer.

„Ich möchte nicht, dass ihr euch in Gefahr begebt“, mahnte Andrea. Als sie nach ihrer Rückkehr von den Selbsthilfeplänen der drei Freunde gehört hatte, schlug sie die Hände über dem Kopf zusammen.

„Aber was sollen wir denn sonst machen!“, rief Marko aufgeregt. „Willst du, dass der Kerl ungestört sein Feuer legen kann? Dann sind wir hier mindestens genauso gefährdet wie draußen.“

„Ich werde die Animateure alarmieren, die können mir helfen“, hielt Andrea dagegen.

„Natürlich, dann kannst du dem Brandstifter gleich einen Brief schicken, dass wir auf ihn warten. Wir haben doch keine Ahnung, ob Tobias oder Ingo nicht doch hinter den Anschlägen stecken.“

Andrea befand sich in einer Zwickmühle. „Also gut“, gab sie schließlich nach. „Ich gehe davon aus, dass die Polizei rechtzeitig kommt. Ihr versprecht mir aber, dass ihr nichts unternehmt, was gefährlich sein könnte.“

Die Freunde nickten.

Andrea erhob sich. „Wir gehen jetzt gemeinsam hinunter in den Lagerraum im Keller. Soweit ich weiß, gibt es dort für Notfälle einige Handscheinwerfer. Wir schnappen uns die Lampen und verstecken uns dann draußen hinter den Büschen. Wenn der Kerl kommt, blenden wir ihn mit den Lampen. Den Rest erledige dann ich, wenn bis dahin nicht schon die Polizei eingetroffen ist.“

Sie sah Jennifer, Marko und Hakan eindringlich an. „Nur blenden, habe ich gesagt! Also, bitte keine Extratouren!“

Brummelnd stimmten die drei zu. Manchmal hatte Andrea schon etwas Gluckenhaftes, was tierisch nerven konnte. Wenig später waren sie auf dem Weg zum Keller.

Der Schattenmann betrat den Geräteraum und packte den größten der Benzinkanister. Er hatte sich nicht umsonst entschlossen, das Feuer in der Küche zu legen. Im Club wurde mit Erdgas gekocht. Durch die Gasleitungen würde es eine Explosion geben. Eine Vorstellung, die den Schattenmann nicht sonderlich belastete. In dem nachfolgenden Chaos konnte er mit Sicherheit gefahrlos verschwinden.

Er schloss den Geräteraum und hastete über das Gelände in Richtung Empfangsgebäude.

Mit der gewohnten Vorsicht näherte sich der Mann der Küche. Geräuschlos drang er ein und schloss die Türe hinter sich. Wieder ließ er sie unverriegelt, um sich einen schnellen Fluchtweg zu garantieren. Der Schein seiner kleinen Taschenlampe fiel auf die Gashähne der Kochherde.

„Wir sollten zumindest zweimal in dieser Nacht auch einen Kontrollgang über das Gelände machen", versuchte Marko gerade die Clubmanagerin zu überreden. Sie waren auf dem Rückweg vom Lagerraum und näherten sich dem Ausgang. Jeder trug jetzt einen der starken Handscheinwerfer bei sich.

„Du bist ein alter Quälgeist ..." Andrea unterbrach sich und blieb stehen. „Sagt mal, was riecht denn hier so komisch?" Sie schnüffelte wie ein Hund mit erhobener Nase.

Jennifer hielt ebenfalls an und folgte dem Beispiel Andreas. „Wenn ich mich nicht täusche, riecht es hier nach Benzin."

„Benzin?" Bei Marko begannen schlagartig sämtliche Alarmglocken zu läuten. „Tatsächlich, ihr habt Recht!"

„Das kann nur eines bedeuten ...", warf Hakan hastig ein und sah sich um. Sie befanden sich nur wenige Meter vom Eingang zur Küche entfernt.

„Los", forderte Marko heftig, „wir müssen herausfinden, wo genau der Geruch herkommt."

„Hier aus der Küche", rief Hakan. „Da besteht kein Zweifel."

„Machen wir, dass wir hier wegkommen", rief Jennifer betroffen.

Unwillkürlich senkte sie ihre Stimme zu einem Flüstern. „Vielleicht ist der Verbrecher gerade da drinnen."

Es trat bleierne Stille ein. Furcht lähmte die Freunde. Vielleicht waren sie in diesem Moment dem Verbrecher so nah wie nie zuvor. Wenn sie jetzt davonrannten, konnte er ungestört einen Brand entfachen und flüchten.

Andrea hatte aber gleich wieder die Situation im Griff. „Marko, du nimmst das Handy und rufst

Herrn Aymaz an. Er soll sofort herkommen. Ihr anderen geht mit Marko hinaus ins Freie."

„Und was machst du?", wollte Jennifer wissen.

„Ich werde jetzt da hineingehen", erwiderte Andrea entschlossen und schaltete ihren Handscheinwerfer an.

Gerade als sie die Küchentüre öffnen wollte, wurde diese überraschend aufgerissen, und sie blickten in die Mündung eines Revolverlaufes. Die vermummte Gestalt des Schattenmannes stand in der dunklen Türöffnung und starrte sie aus den Sehschlitzen ihrer Gesichtsmaske an. Im Hintergrund war ein klapperndes Geräusch zu hören: Marko hatte vor Schreck das Handy fallen lassen.

„Reinkommen!", befahl der Mann barsch und winkte mit dem Revolverlauf. Er trat einen Schritt zur Seite, damit sie an ihm vorbeigehen konnten. Mit einer schnellen Handbewegung schaltete er die Deckenbeleuchtung ein. Grelles Licht durchflutete die Küche, die Gefangenen mussten die Augen zukneifen.

„Mann, hier stinkt's vielleicht nach Benzin", flüsterte Hakan.

„Ruhe!", knurrte der Mann mit dem Revolver. Es war offensichtlich, dass er sich Mühe gab, möglichst wenig zu sprechen und dann seine Stimme zu verstellen. Hinter der Maske klang sie unwirklich dumpf, was aber zusätzlich bedrohlich wirkte.

Alle hatten den Benzinkanister gesehen, der mitten im Raum zwischen den Herdkörpern am Boden stand. Sie wussten, was das bedeutete.

Der Schattenmann überlegte krampfhaft. Dass ihm die Clubchefin und diese aufdringlichen Kinder in die Quere gekommen waren, passte ihm ganz und gar nicht.

Polizeileutnant Aymaz hatte mittlerweile das Clubgelände erreicht. Schon einige Kilometer vor dem Club hatte er das Blaulicht ausgeschaltet, um keine unnötige Aufmerksamkeit zu erregen.

Mit gezogener Waffe lief er über das Gelände. Aus der Karte wusste er, wo er die Küche zu suchen hatte. Als er vor dem Gebäudekomplex angekommen war, musterte er die Außenfassade. Da, wo nach seiner Erinnerung der Raum sein musste, waren die Rollos heruntergelassen. Als er sich gerade abwenden wollte, sah er zwischen den Lamellen Licht hervorblitzen. Wieso brannte um diese Zeit hier Licht? Da der Schattenmann die Außentür unverschlossen gelassen hatte, konnte der Polizist ungehindert das Gebäude betreten. Vorsichtig näherte er sich der Küche.

Andreas Augen huschten durch den Raum, fieberhaft überlegte sie, wie sie dem Verbrecher die

Waffe aus der Hand treten konnte. Sie musste aber einsehen, dass er dazu zu weit von ihr entfernt stand.

„Du", der Mann deutete auf Hakan, „du nimmst dir jetzt den Kanister da und gießt das Benzin aus. Schön überall verteilen. – Los, mach schon!"

Der Mann in Schwarz fühlte sich offenbar nicht mehr wohl in seiner Haut. Sein Plan war durcheinander gekommen. Das machte ihn nervös.

Langsam näherte sich Hakan dem Benzinkanister. Er wusste, es war zwecklos, sich dem Gangster zu widersetzen.

Andrea, Jennifer und Marko blickten wie gebannt zur noch immer offenen Küchentür. Sie hätten Polizeileutnant Aymaz in seinem Kampfanzug fast nicht erkannt. Er stand mit gezogener Waffe unter dem Türbogen und versuchte sich einen Eindruck von der Lage zu verschaffen.

Der Schattenmann bemerkte das veränderte Verhalten seiner Geiseln sofort. Er warf einen schnellen Blick über die Schulter, dann machte er blitzschnell einen Satz zur Seite, der ihn in die Deckung eines Herds brachte. Mit seinem Revolver hielt er dabei aber noch immer seine Geiseln in Schach.

„Los, mit erhobenen Händen hereinkommen, sonst schieße ich auf die Geiseln!", rief er Aymaz zu. Sein Ton ließ keinen Zweifel zu, dass er es ernst meinte. Er überlegte kurz, dann wiederholte er seinen Befehl auf Türkisch. Dabei ließ er Andrea und den Kindern keine Chance. Auch Hakan blieb wie angewurzelt stehen. Er hatte den Kanister gerade hochgehoben. Langsam stellte er den Behälter ab. Dabei gelang es ihm, den Kanister in die Lücke zwischen zwei Küchenherde zu schieben, so dass der Verbrecher ihn nicht mehr sehen konnte.

Der Polizeibeamte trat mit erhobenen Händen in die Küche.

„Waffe in die Ecke werfen!", befahl der Verbrecher auf Türkisch. Er hatte den Mann voll im Visier.

Der erfahrene Polizist blieb ganz ruhig und befolgte langsam den Befehl. Er legte die Pistole auf den Boden und schubste sie in die angegebene Richtung.

„Los, fesseln!", kommandierte der Schattenmann und warf Jennifer eine Plastikfessel zu, die er aus der Beintasche seiner Hose gezogen hatte.

Das Mädchen beeilte sich, seinem Befehl zu folgen. Entgegenkommend streckte ihr Polizeileutnant Aymaz die Hände entgegen. Dabei versuchte er ihr mit einem Lächeln Mut zu machen.

„Wie viele Bullen stehen noch draußen?", wollte

der Schattenmann wissen und wies mit dem Revolver in die Richtung des Polizisten.

„Genügend", erwiderte Aymaz. Er versuchte überzeugend zu klingen. Der Kerl konnte ja nicht wissen, dass er alleine war.

„Wir verschwinden von hier", befahl der Schattenmann. Seine Augen suchten den Benzinkanister. Er wollte im Hinausgehen ein paar Schüsse auf ihn abgeben, dann würde der Treibstoff schon brennen. Doch er konnte den Behälter nirgends entdecken! Der Schattenmann zuckte mit den Schultern. Er konnte nicht noch länger warten. Dann würde er seinen Auftrag eben nicht ausführen! Jetzt galt es nur noch, mit heiler Haut davonzukommen.

Mit vorgehaltener Waffe trieb er die Gruppe der Geiseln vor sich her aus der Küche und aus dem Gebäude heraus.

„Ihr bleibt so dicht bei mir", befahl er, „dass ihr einen Schutzschild bildet. Du", er gab Andrea einen Stoß mit dem Revolverlauf, „gehst vor mir. – Und keine Zicken! Ich bin ziemlich nervös."

„Wohin sollen wir gehen?", fragte Andrea, sich nur mühsam beherrschend. Wegen der Kinder konnte sie keinen Versuch wagen, den Geiselnehmer zu überwältigen.

„Zur *Albatros*", kam die knappe Antwort. Der

Schattenmann hatte seine Pläne geändert. Nachdem er den Auftrag nicht ausgeführt hatte, durfte er sich bei Ün nicht mehr sehen lassen. Er musste abhauen, bevor seine Komplizen merkten, dass er versagt hatte.

Während sie eilig über das Gelände des Clubs in Richtung Strand marschierten, blickte er sichernd nach allen Richtungen. Von weiteren Polizeibeamten war nichts zu sehen.

Sie näherten sich dem Strand. Auf dem Steg ließ der Mann seine Geiseln vor sich hergehen. Als sie kurz vor dem Schiff waren, befahl er: „Anhalten!" Er deutete mit der Waffe auf den Polizisten. „Hinlegen!"

Wortlos ließ sich der Polizeileutnant auf die Planken des Stegs nieder. Der Schattenmann warf Hakan eine weitere Plastikfessel zu.

„Füße fesseln!", brüllte er. „Er bleibt hier."

Hakan beeilte sich, den Befehl zu befolgen.

„Lassen Sie doch die Geiseln frei und nehmen Sie mich mit", schlug der Polizeibeamte vor, während ihm die Knöchel zusammengebunden wurden.

„Halten Sie den Mund. Sorgen Sie lieber dafür, dass mir Ihre Leute vom Hals bleiben", fauchte der Mann. „Ich gehe jetzt mit meinen Geiseln an Bord. Wenn Sie mich in Ruhe abhauen lassen, werde ich diese Leute nach einiger Zeit auf einer Insel freilassen. Dort könnt ihr sie dann abholen."

Der Polizist nickte. „Gehen Sie", sagte er. „Aber glauben Sie bloß nicht, dass Sie so davonkommen!"

Der Schattenmann reagierte nicht. Andrea und die Kinder mussten vor dem Gangster den Laufsteg überqueren.

„Los, runter mit euch in die Kapitänskajüte", befahl er knapp. „Aber keine Tricks!"

In der Dunkelheit gab es einen kleinen Stau vor dem Niedergang, und Jennifer schien sich an einer Ecke angestoßen zu haben. Jedenfalls stieß sie einen kleinen Schmerzschrei aus. Dieses Geräusch lenkte den Schattenmann für einen Augenblick ab.

Dieser Moment genügte Andrea, die schon die ganze Zeit auf ihre Chance gewartet hatte. Blitzartig trat sie aus. Die Außenkante ihres rechten Schuhes traf mit voller Wucht den Unterarm der Hand, die die Waffe hielt. Während Andreas Kampfschrei verhallte, flog der Revolver im hohen Bogen über Bord und klatschte ins Wasser.

Der Mann brüllte wütend und wollte sich auf Andrea stürzen. Doch ohne Waffe hatte er gegen die wütende Taekwondo-Kämpferin keine Chance. Sie wirbelte ihn mit einem Überkopfwurf über Deck. Unsanft prallte er auf die Planken des Schiffes. Als er sich benommen wieder aufrichten wollte, sprang sie vor und packte ihn mit einem Haltegriff.

„Jetzt wollen wir doch mal sehen, wem wir diese ganzen Gemeinheiten zu verdanken haben“, knurrte die zornige junge Frau und bedeutete Marko mit einem Kopfnicken herzukommen.

Der Junge trat vor und griff nach der Kopfmaske. Mit einem Ruck zog er sie dem Schattenmann vom Kopf.

Käpten Lörensons Gesicht war eine einzige wütende Fratze. Hasserfüllt starrte er die Kinder an, die vor Schreck ein Stück zurückgewichen waren.

Auch Andrea war so überrascht, dass sie den Mann fast losgelassen hätte. Jeden hätte sie erwartet, nur nicht den Kapitän, den alle im Krankenhaus vermuteten. Als sie sich von ihrem Schrecken erholt hatte, rannte Hakan an Land und befreite Polizeileutnant Aymaz, der den Käpten sofort in Gewahrsam nahm. Der Schattenmann ließ sich finster blickend abführen.

Zwei Tage später kam Polizeileutnant Aymaz in den *Club Paradiso,* um Andrea und die Kinder zu vernehmen. Nachdem die Protokolle aufgenommen waren, lehnte sich der Polizeibeamte entspannt zurück und trank einen Schluck Kaffee.

„Was war denn nun der Grund für diese ganzen

Schweinereien", wollte Andrea endlich wissen. Dieses Rätsel war bisher noch nicht gelüftet worden.

„Tja", erwiderte der Polizist langsam, „wie so oft ist es die Geldgier, die den Menschen verführt. Dieser Ün wurde offenbar von den Osmanen bezahlt. Die hatten es auf das Grundstück abgesehen, auf dem die Clubanlage steht. Dort soll es wertvolle Bodenschätze geben. Die Anschläge dienten dazu, die Eigentümer des Clubs dazu zu bringen, dass sie das Gelände billig verkauften. Ün konnten wir leider noch nicht verhaften. Als unsere Beamten in seiner Wohnung auftauchten, war er bereits verschwunden. Aber wir haben einen Haftbefehl ausgestellt. Irgendwann geht er uns bestimmt ins Netz. Was Namen und Verbindungen angeht, schweigt dieser Lörenson wie ein Grab. Offenbar hat er Angst, dass ihn die Osmanen bis ins Gefängnis verfolgen. Allerdings hat er zugegeben, dass er diese Anschläge verübt hat, weil er Geld dafür bekam.

„Wie kann ein Mensch so schlecht sein, dass er wegen Geld andere krank macht und ihre Häuser anzündet?" Marko war entsetzt.

„Ich verstehe nur nicht, wie er es geschafft hat, uns mit seinem Sturz auf dem Schiff so gekonnt zu täuschen. Anfänglich hatten wir ihn ja in Verdacht."

„Das haben wir ihn auch gefragt. Er hat gesagt, dass er die Schrauben selbst gelöst hat, weil er merkte, dass er von euch verdächtigt wurde. Er ließ sich die Treppe hinunterfallen und schlug sich absichtlich ein wenig den Kopf an, damit der Unfall echt wirkte. Weder sein Arm noch der Knöchel haben wirklich etwas abbekommen. Nachdem sie ihm im Krankenhaus die Platzwunde versorgt hatten, war er wieder entlassen worden. Er hat sich dann gleich in seine Wohnung in Manavgat begeben und sich in der Nacht zurück in den Club geschlichen." Herr Aymaz zuckte mit den Schultern. „Ach übrigens, dieser Kapitän Lörenson heißt eigentlich Werner Brauner. Er ist ein gesuchter Berufsverbrecher, der gerne auf großem Fuß lebt. In ihm hatte die Bande ein williges Werkzeug. – Für die nächste Zeit wird er allerdings gesiebte Luft atmen. Jetzt ist es vorbei mit dem Luxus!" Er lachte. Dann erhob er sich und sah nachdenklich über das Clubgelände.

Andrea hatte den Eindruck, dass er noch etwas auf dem Herzen hatte. „Kann ich noch etwas für Sie tun?", fragte sie.

Er zögerte, dann erwiderte er: „Wenn Sie nichts dagegen hätten, würde ich gar zu gerne mal mit der *Albatros* ein Stück die Küste entlangfahren. Ich habe vor kurzem meinen Küstenführerschein gemacht. So ein schönes Schiff zu führen, das wäre ein Traum."

Andrea lachte. „Kein Problem, Käpten Aymaz! Wunsch erfüllt! Das Schiff gehört Ihnen!"

Wenig später teilte der scharfe Rumpf der *Albatros* das blaue Wasser. Polizeileutnant Aymaz hielt stolz das Steuer und blickte übers Meer. Andrea stand neben ihm und ließ sich vom Fahrtwind die Haare zerzausen. Sie freute sich schon auf ihren nächsten Job als Animateurin. Sie hatte gründlich die Nase voll davon, Chefin zu spielen.

Jennifer, Marko und Hakan aalten sich unterdessen mit einem kühlen Getränk in der Hand faul an Deck und genossen endlich ihre Ferien.

Onkel Özdemir tat das, was er am liebsten machte: Er saß unter Deck im Maschinenraum, trank ein Bierchen und lauschte dem Klang der auf Hochtouren laufenden Dieselmotoren.

CLUB PARADISO

Günter Huth

Club Paradiso
(Band 1)
Entführung
auf See

G. R. Cappello

Club Paradiso
(Band 2)
Das Amulett
des Sonnen-
gottes

Jan Flieger

Club Paradiso (Band 3)
Das Labyrinth in den Klippen

Margit Kollmar

Club Paradiso (Band 4)
Der Schatz der Wikinger

Jan Flieger

Club Paradiso (Band 5)
Flucht aus Montecastello

Günter Huth

Club Paradiso (Band 6)
Verschwörung im Basar

Gaby Schuster

Club Paradiso (Band 7)
Flammen auf der Kap Kalliste

COMPUTERKIDS
auf heißer Spur

SERIE
VON THOMAS FEIBEL

Computerkids
(Band 1)
Chaos im Hightech-Park

Computerkids
(Band 2)
Bankräuber im Netz

Computerkids (Band 3)
Cybergold City

Computerkids (Band 4)
Spione im Spiel

Computerkids (Band 5)
Die Jahrtausend-Falle

Computerkids (Band 6)
Magie per Mausklick